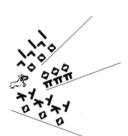

이상 李箱

본명은 김해경金海卿. 1910년 서울 종로구 사직동에서 태어났다.
경성고등공업학교 졸업 후 조선총독부 내무국 건축과 기수로 일하다
심한 각혈로 그만두고 서울 종로 1가에 다방 '제비'를 개업한다.
이후 제비가 망하자 인사동에서 '카페 쓰루'를, 이후 종로 1가에서
다방 '69', '무기', '맥' 등을 열지만 연이어 실패한다.
그사이 동거하던 금홍마저 떠난다. 계속된 사업 실패, 실연
그리고 쇠약해지기만 하는 몸으로 인해 자살 충동에 휩싸여
김유정에게 동반 자살을 제안하기도 하지만 그해 말 '창문사'에서
문예 담당으로 일하게 되는 한편, 변동림과 짧은 동거 후 결혼한다.
결혼 후 석 달 만에 김기림과 함께 프랑스로 가겠다는 꿈을 안고
돌연 일본으로 갔으나 점점 악화되는 결핵과 가족들에 대한 부채감,
그리고 생계 문제로 고통을 당하던 중 스물여덟, 짧은 생,
잔인하게 찾아온 죽음이 프랑스로의 꿈을 대신한다.
사인은 폐결핵. 사망일은 1937년 4월 17일 새벽 4시.
유언은 "멜론이 먹고 싶소……."
'이상'이라는 필명은 건축공사장 인부들이 해경을 김 씨가 아닌
이 씨로 잘못 알고 '이상李樣'이라고 부른 데서 연유했다고 한다.
잘못 불린 이름이 이름이 된, 처음으로 활자화된 자신의 시인
〈이상한 가역반응〉처럼 '거울 속엔 없는 나'와 같은 삶을 살았던 이상.
이후 '박제가 되어 버린 천재'라는 그 자신이 소설에서 쓴 말이
'한국 문학 최고의 모더니스트'라는 이름과 함께
그의 또 다른 이름이 되었다.

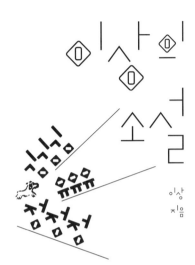

이상의 소설

이상 지음

지주회시 蜘蛛會豕

1

그날 밤에 그의 아내가 층계에서 굴러떨어지고—공연히 내일 일을 글탄 말라고 어느 눈치 빠른 어른이 타일러 놓으셨다. 옳고 말고다. 그는 하루치씩만 잔뜩 산*다. 이런 복음에 곱신히 그는 벙어리(속지 말라)처럼 말이 없다. 잔뜩 산다. 아내에게 무엇을 물어보리오? 그러니까 아내는 대답할 일이 생기지 않고 따라서 부부는 식물처럼 조용하다. 그러나 식물은 아니다. 아닐 뿐 아니라 여간 동물이 아니다. 그래서 그런지 그는 이 굴 궤짝만 한 방안에 무슨 연줄로 언제부터 이렇게 있게 되었는지 도무지 기억에 없다. 오늘 다음에 오늘이 있는 것. 내일 조금 전에 오늘이 있는 것. 이런 것은 영 따지지 않기로 하고 그저 얼마든지 오늘 오늘 오늘 오늘 하릴 없이 눈 가린 마차 말의 동강 난 시야다. 눈을 뜬다. 이번에는 생시가 보인다. 꿈에는 생시를 꿈꾸고 생시에는 꿈을 꿈꾸고 어느 것이나 재미있다. 오후 네 시. 옮겨 앉은 아침—여기가 아침이냐. 날마다다. 그러나 물론 그는 한 번씩 한 번씩이다.(어떤 거대한 모체가 나를 여기다 갖다 버렸나)—그저 한없이 게으른 것—사람 노릇을 하는 체 대체 어디 얼마나 기껏 게으를 수 있나 좀 해보자—게으르자 그저 한없이 게으르자—시끄러워도 그저 모른 체하고 게으르기만 하면 다 된다. 살고 게으르고 죽고—가로대 사는 것이라면 떡 먹기다. 오후 네 시. 다른 시간은 다 어디 갔나. 대수냐. 하루가 한 시간도 없는 것이라기로서니 무슨 성화가 생기나.

또 거미. 아내는 꼭 거미라고 그는 믿는다. 저것이 어서 도로 환퇴幻退를 하여서 거미 형상을 나타내었으면—그러나 거미를 총으로 쏘아 죽였다는 이야기는 들은 일이 없다. 보통 발로 밟아 죽이는데 신발 신기커녕 일어나기도 싫다. 그러니까 마찬가지다. 이 방에 그 외에 또 생각하여보면—맥이 뼈를 디디는 것이 빤히 보이고, 요 밖으로 내어놓는 팔뚝이 밴댕이처럼 꼬스르다—이 방이 그냥 거민 게다. 그는 거미 속에 가 넓적하게 드러누워 있는 게다. 거미 내음새. 이 후덥지근한 내음새는 아하 거미 내음새다. 이 방안이 거미 노릇을 하느라고 풍기는 흉악한 내음새에 틀림없다. 그래도 그는 아내가 거미인 것을 잘 알고 있다. 가만둔다. 그리고 기껏 게을러서 아내—인ˬ거미—로 하여금 육체의 자리—(혹ᅑ, 틈)를 주지 않게 한다.

　방 밖에서 아내는 부스럭거린다. 내일 아침보다는 너무 이르고 그렇다고 오늘 아침보다는 너무 늦은 아침밥을 짓는다. 예이 덧문을 닫는다. (민활하게) 방안에 색종이로 바른 빈닫이가 없어진다. 반딛이는 참 보기 싫다. 대체 세간이 싫다. 세간은 어떻게 하라는 것인가. 왜 오늘은 있나. 오늘이 있어서 반닫이를 보아야 되느냐. 어두워졌다. 계속하여 게으르다. 오늘과 반닫이가 없어져라고. 그러나 아내는 깜짝 놀란다. 덧문을 닫는—남편—잠이나 자는 남편이 덧문을 닫았더니 생각이 많다. 오줌이 마려운가—가려운가—아니 저 인물이 왜 잠을 깨었나. 참 신통한 일은—어쩌다가 저렇게 사는지—사는 것이 신통한 일이라면 또 생각하여보면 자는 것은 더 신통한 일이다. 어떻게 저렇게 자나? 저렇게도 많이 자나? 모든 일이 희한한 일이었다. 남편. 어디서부터 어디까지가 부부람—남편—아내가 아니라도 그만 아내이고 마는 거야. 그러나 남편은 아내에게 무엇을 하였느냐—담벼락이라고 외풍이나 가려주었더냐. 아내는 생각하다 보니까 참 무섭다는 듯이—또 정말이지 무서웠겠지만—이 닫은 덧문을 얼른 열고 늘 들어도 처음 듣는 것 같은 목소리로 어디 말을 건네본다. 여보—오늘은 크리스마스요—봄날같이 따뜻(이것이 원체 틀린 화근이다)하니 수염 좀 깎소.

도무지 그의 머리에서 그 거미의 어렵디어려운 발들이 사라지지 않는데 들은 크리스마스라는 한마디 말은 참 서늘하다. 그가 어쩌다가 그의 아내와 부부가 되어버렸나. 아내가 그를 따라온 것은 사실이지만 왜 따라왔나? 아니다. 와서 왜 가지 않았나—그것은 분명하다. 왜 가지 않았나 이것이 분명하였을 때—그들이 부부 노릇을 한 지 일 년 반쯤 된 때—아내는 갔다. 그는 아내가 왜 갔나를 알 수 없었다. 그 까닭에 도저히 아내를 찾을 길이 없었다. 그런데 아내는 왔다. 그는 왜 왔는지 알았다. 지금 그는 아내가 왜 안 가는지를 알고 있다. 이것은 분명히 왜 갔는지 모르게 아내가 가버릴 징조에 틀림없다. 즉 경험에 의하면 그렇다. 그는 그렇다고 왜 안 가는지를 일부러 몰라버릴 수도 없다. 그냥 아내가 설사 또 간다고 하더라도 왜 안 오는지를 잘 알고 있는 그에게로 불쑥 돌아와 주었으면 하고 바라기나 한다.

수염을 깎고 첩첩이 닫아버린 번지番地에서 나섰다. 딴은 크리스마스가 봄날같이 따뜻하였다. 태양이 그동안에 퍽 자란가도 싶었다. 눈이 부시고—또 몸이 까칫까칫도 하고—땅은 힘이 들고 두꺼운 벽이 더덕더덕 붙은 빌딩들을 쳐다보는 것은 보는 것만으로도 넉넉히 숨이 차다. 아내 흰 양말이 고동색 털양말로 변한 것—기절期節은 방 속에서 묵는 그에게 겨우 제목만을 전하였다. 겨울—가을이 가기도 전에 내 닥친 겨울에서 처음으로 인사 비슷이 기침을 하였다. 봄날같이 따뜻한 겨울날—필시 이런 날이 세상에 흔히 있는 공일날이나 아닌지—그러나 바람은 뺨에도 콧방울에도 차다. 저렇게 바쁘게 씨근거리는 사람 무거운 통 짐 구두 사냥개 야단치는 소리 안 열린 들창 모든 것이 견딜 수 없이 답답하다. 숨이 막힌다. 어디로 가볼까. (A 취인점取引店) (생각나는 명함) (오鳴 군) (자랑 마라) (24일날 월급이던가) 동행이라도 있는 듯이 그는 팔짱을 내저으며 싹둑싹둑 썰어 붙인 것같이 얄팍한 A 취인점 담벼락을 삥삥 싸고돌다가 이 속에는 무엇이 있나. 공기? 사나운 공기리라. 살을 저미는—과연 보통 공기가 아니었다. 눈에 핏줄—새빨갛게 달은 전화—그의 허섭수룩한 몸은 금시에 타 죽을 것 같았다. 오는 어느 회전의자에 병마개 모양으로 뭉쳐 있었다. 꿈과 같은 일이다. 오는 장부를 뒤져 주소 씨명을 차국차국 써 내려가면서 미남자인 채로 생동생동 (살고) 있었다. 조사부라는 패가 붙은 방 하나를 독차지하고 방 사벽에다가는 빈틈없이 방안지에 그린 그림 아닌 그림을 발라놓았다. "저런 걸 많이 연구하면 대강은 짐작이 났으렷다" "도통허면 돈이 돈 같지 않어지느니" "돈 같지 않으면 그럼 방안지 같은가" "방안지?" "그래 도통은?" "흐흠— 나는 도로 그림이 그리고 싶어지데" 그러나 오는 야위지 않고는 배기기 어려웠던가 싶다. 술—그럼 색? 오는 완전히 오 자신을 활활 열어 젖혀놓은 모양이었다. 흡사 그가 오 앞에서나 세상 앞에서나 그 자신을 첩첩이 닫고 있듯이. 오냐 왜 그러니 나는 거미다. 연필처럼 야위어가는 것—피가 지나가지 않는 혈관—생각하지 않고도 없어지지 않는 머리—칵 막힌 머리—코 없는 생각—거미 거미 속에서 안 나오는 것—내다보지 않는 것—취하는 것—정신없는 것—방—버섯처럼 생긴 방이었다. 아내였다. 거미라는 탓이었다.

오는 주소 씨명을 멈추고 그에게 담배를 내밀었다. 그러자 연기를 가르면서 문이 열렸다. (퇴사 시간) 뚱뚱한 사람이 말처럼 달려들었다. 뚱뚱한 신사는 오와 깨끗하게 인사를 한다. 가느다란 몸집을 한 오는 굵은 목소리를 굵은 몸집을 한 신사는 가느다란 목소리로 주고받고 하는 신선한 회화다. "사장께서는 나가셨나요?" "네— 참 이백 명이 좀 넘는데요" "넉넉합니다 먼저 오시겠지요" "한 시간쯤 미리 가지요" "에—또 에—또 에또 에또 그럼 그렇게 알고" "가시겠습니까"

툭탁하고 나더니 뚱뚱한 신사는 곁에 앉은 그를 흘긋 보고 고개를 돌리고 그저 나갈 듯하다가 다시 흘긋 본다. 그는—내 인사를 하면 어떻게 되더라? 하고 망씻망씻하다가 그만 얼떨결에 꾸뻑 인사를 하여버렸다. 이 무슨 염치없는 짓인가. 뚱뚱 신사는 인사를 받더니 받아가지고는 그냥 씽긋 웃듯이 나가버렸다. 이 무슨 모욕인가. 그의 귀에는 뚱뚱 신사가 대체 누군가를 생각해보는 동안에도 "어떠십니까"는 그 뚱뚱 신사의 손가락질 같은 말 한마디가 남아서 웽웽한다. 어떠냐니 무엇이 어떠냐누—아니 그게 누군가—옳아 옳아. 뚱뚱 신사는 바로 그의 아내가 다니고 있는 카페 R 회관 주인이었다. 아내가 또 온 것 서너 달 전이다. 와서 그를 먹여 살리겠다는 것이었다. 빚 '백 원'을 얻어 쓸 때 그는 아내를 앞세우고 이 뚱뚱이 보는데 타원형 도장을 찍었다. 그때 유카타浴衣 입고 내려다보던 눈에서 느낀 굴욕을 오늘이라고 잊었을까. 그러나 그는 이게 누군지도 채 생각나기 전에 어언간 이 뚱뚱에게 고개를 수그리지 않았나. 지금. 지금. 골수에 스미고 말았나 보다. 칙칙한 근성이—모르고 그랬다고 하면 말이 될까? 디럽구나. 무슨 구실로 변명하여야 되나. 에잇! 에잇—아무것도 차라리 억울해하지 말자—이렇게 맹서하자. 그러나 그의 뺨이 화끈화끈 달았다. 눈물이 새금새금 맺혀 들어왔다. 거미—분명히 그 자신이 거미였다. 물부리처럼 야위어 들어가는 아내를 빨아먹는 거미가 너 자신인 것을 깨달아라. 내가 거미다. 비린내 나는 입이다. 아니 아내는 그럼 그에게서 아무것도 안 빨아먹느냐. 보렴—이 파랗게 질린 수염 자국—퀭한 눈—늘씬하게 만연되나 마나 하는 형용 없는 영양營養을—보아라. 아내가 거미다. 거미 아닐 수 있으랴. 거미와 거미 거미와 거미냐. 서로 빨아먹느냐. 어디로 가나. 마주 야위는 까닭은 무엇인가. 어느 날 아침에나 뼈가 가죽을 찢고 내밀리려는지—그 손바닥만 한 아내의 이마에는 땀이 흐른다. 아내의 이마에 손을 얹고 그래도 여전히 그는 잔인하게 아내를 밟았다. 밟히는 아내는 삼경이면 쥐 소리를 지르며 찌그러지곤 한다. 내일 아침에 펴지는 염낭처럼. 그러나 아주까리 같은 사치한 꽃이 핀다. 방은 밤마다 홍수가 나고 이튿날이면 쓰레기가 한 삼태기씩이나 났고—아내는 이 묵직한 쓰레기를 담아가지고 늦은 아침—오후 네 시—뜰로 내려가서 그도 대리하여 두 사람 치의 해를 보고 들어온다. 금 긋듯이 아내는 작아 들어갔다. 쇠와 같이 독한 꽃—독한 거미—문을 닫자. 생명에 뚜껑을 덮었고 사람과 사람이 사귀는 버릇을 닫았고 그 자신을 닫았다. 온갖 벗에서—온갖 관계에서—온갖 희망에서—온갖 욕ஆ에서—그리고 온갖 욕에서—다만 방안에서만 그는 활발하게 발광할 수 있었다. 미역 핥듯 핥을 수도 있었다. 전등은 그런 숨결 때문에 곧잘 꺼졌다. 밤마다 이 방은 고달팠고 뒤집어엎었고 방안은 기어 병들어가면서도 빠득빠득 버티고 있다. 방안은 쓰러진다. 밖에 와 있는 세상—암만 기다려도 그는 나가지 않는다. 손바닥만 한 유리를 통하여 꿋꿋이 걸어가는 세월을 볼 수 있을 따름이었다. 그러나 밤이 그 유리 조각마저도 얼른얼른 닫아주었다. 안 된다고.

그러자 오는 그의 무색해 하는 것을 볼 수 없다는 듯이 들창 셔터를 내렸다. 자 나가세. 그는 여기서 나가지 않고 그냥 그의 방으로 돌아가고 싶었다. (6원짜리 셋방) (방밖에 없는 방) (편한 방) 그럴 수는 없다. "그 뚱뚱이 어떻게 아나?" "그저 알지" "그저라니" "그저" "친헌가" "천만에— 대체 그게 누군가" "그거— 그건 가부꾼이지— 우리 취인점허구는 돈 만 원 거래나 있지" "흠" "개천에서 용이 나려니까" "흠"

R 카페는 뚱뚱의 부업인 모양이었다. 내일 밤은 A 취인점이 고객을 초대하는 망년회가 R 카페 삼 층 홀에서 열

○   14

릴 터이고 오는 그 준비를 맡았단다. 이따가 느지막해서 오는 R 회관에 좀 들른단다. 그들은 차점에서 위선 홍차를 마셨다. 크리스마스트리 곁에서 축음기가 깨끗이 울렸다. 두루마기처럼 기다란 털외투―기름 바른 머리―금시계―보석 박힌 넥타이핀―이런 모든 오의 차림차림이 한없이 그의 눈에 거슬렸다. 어쩌다가 저 지경이 되었을까. 아니. 내야말로 이찌다가 이 모양이 되었을까. (돈이었다) 사람을 속였단다. 다 털어먹은 후에는 볼품 좋게 여비를 주어서 쫓는 것이었다. 삼십까지 백만 원. 주체할 수 없이 달라붙는 계집. 자네도 공연히 꾸물꾸물하지 말고 청춘을 이렇게 대우하라는 것이었다. (거침없는 오 이야기) 어쩌다가 아니―어쩌다가 나는 이렇게 훨씬 물러앉고 말았나를 알 수가 없었다. 다만 모든 이런 오의 저속한 큰소리가 맹탕 거짓말 같기도 하였으나 또 아니 부러워하려야 아니 부러워할 수 없는 형언 안 되는 것이 확실히 있는 것도 같았다.

　　지난봄에 오는 인천에 있었다. 십 년―그들의 깨끗한 우정이 꿈과 같은 그들의 소년 시대를 그냥 아름다운 것으로 남기게 하였다. 아직 싹 트지 않은 이른 봄 건강이 없는 그는 오와 사직공원 산기슭을 같이 걸으며 오가 긴히 이야기해야겠다는 이야기를 듣고 있었다. 너무나 뜻밖의 일은―오의 아버지는 백만의 가산을 날리고 마지막 경매가 완전히 끝난 것이 바로 엊그제라는―여러 형제 가운데 이 오에게만 단 한 줄기 촉망을 두는 늙은 기미期米 호걸의 애끊는 글을 오는 속주머니에서 꺼내 보이고―저버릴 수 없

는 마음이—오는 운다—우리 일생의 일로 정하고 있던 화 필을 요만 일에 버리지 않으면 안 되겠느냐는—전에도 후 에도 한 번밖에 없은 오의 종종^{淙淙}한 고백이었다. 그때 그 는 봄과 함께 건강이 오기만 눈이 빠지게 고대하던 차—그 도 속으로 화필을 던진 지 오래였고—묵묵히 머지않아 쪼 개질 축축한 지면을 굽어보았을 뿐이었다. 그리고 뒤미처 태풍이 왔다. 오너라—내 생활을 좀 보아라—이런 오의 부 름을 빙그레 웃으며 그는 인천에 오를 들렸다. 사사^{四四}— 벅적대는 해안통—K 취인점 사무실—어디로 갔는지 모르 는 오의 형용 깎은 듯한 오의 집무 태도를 그는 여전히 건 강이 없는 눈으로 어이없이 들여다보고 오는 날을 오는 날 을 탄식하였다. 방은 전화 자리 하나를 남기고 빽빽이 방안 지로 메꿔져 있었다. 낡기도 전에 갈리는 방안지 위에 붉은 선 푸른 선의 높고 낮은 것—오의 얼굴은 일시 일각이 한 결같지 않았다. 밤이면 오를 따라 양철 조각 같은 바로 얼 마든지 쏘다닌 다음—(시끼시마^{しきしま. 일본을 뜻하는 다른 명칭})—나 날이 축가는 몸을 다스릴 수 없었건만 이상스럽게 오는 여 섯 시면 깨었고 깨어서는 화등잔 같은 눈알을 이리 굴리고 저리 굴리고 빨간 뺨이 까딱하지 않고 아홉 시까지는 해안 통 사무실에 낙자 없이 있었다. 피곤하지 않는 오의 몸이 아마 금강력과 함께—필연—무슨 도^道고 도를 통하였나 보다. 낮이면 오의 아버지는 울적한 심사를 하나 남은 가야 금에 붙이고 이따금 자그마한 수첩에 믿는 아들에게서 걸 리는 전화를 만족한 듯이 적는다. 미닫이를 열면 경인열차

○

가 가끔 보인다. 그는 오의 털외투를 걸치고 월미도 뒤를 돌아 드문드문 아직도 덜 진 꽃나무 사이 잔디 위에 자리를 잡고 반듯이 누워서 봄이 오고 건강이 아니 온 것을 끌탕하였다. 내다보이는 바다—개흙밭 위로 바다가 한 벌 드나들드니 날이 저물고 머물고 하였다. 오후 네 시 오는 휘파람을 불며 이 날마다 같은 잔디로 그를 찾아온다. 천막친 데서 흔들리는 포디블을 들으며 차를 마시고 사슴을 보고 너무 긴 방축 중간에서 좀 선선한 아이스크림을 사 먹고 굴 캐는 것 좀 보고 오 방에서 신문과 저녁이 정답게 끝난다. 이러한 달—5월—그는 바로 그 잔디 위에서 어느덧 〈배따라기〉를 배웠다. 흉중에 획책하던 일이 날마다 한 켜씩 바다로 흩어졌다. 인생에 대한 끝없는 주저를 잔뜩 지니고 인천서 돌아온 그의 방에서는 아내의 자취를 찾을 길이 없었다. 부모를 배역한 이런 아들을 아내는 기어이 이렇게 잘 똥겨주는구나—(문학) (시) 영구히 인생을 망설거리기 위하여 길 아닌 길을 내디뎠다. 그러나 또 튀려는 마음—삐뚤어진 젊음 (정치) 가끔 그는 투어리스트 뷰로에 전화를 걸었다. 원양 항해의 배는 늘 방안에서만 기적도 불고 입항도 하였다. 여름이 그가 땀 흘리는 동안에 가고—그러나 그의 등의 땀이 걷히기 전에 왕복 엽서 모양으로 아내가 초조히 돌아왔다. 낡은 잡지 속에 섞여서 배고파하는 그를 먹여 살리겠다는 것이다. 왕복 엽서—없어진 반*—눈을 감고 아내의 살에서 허다한 지문 내음새를 맡았다. 그는 그의 생활의 서술에 귀찮은 공을 쳤다. 끝났다. 먹여라 먹으마—머리도 잘라라—머리 지지는 십 전짜리 인두—속옷밖에 필요치 않은 하루—R 카페—뚱뚱한 유카타 앞에서 얻은 백 원—그러나 그 백 원을 그냥 쥐고 인천 오에게로 달려가는 그의 귀에는 지난 오월 오가—백 원을 가져오너라 위선 석 달 만에 백 원 내놓고 오백 원을 주마—는 분간할 수 없지만 너무 든든한 한마디 말이 쟁쟁하였던 까닭이다. 그리고 도전盜電하는 그에게 아내는 제 발이 저려 그랬겠지만 잠자코 있었다. 당하였다. 신문에서 배 시간표를 더러 보기도 하였다. 오는 두서너 번 편지로 그의 그런 생활 태도를 여간 칭찬한 것이 아니다. 오가 경성으로 왔다. 석 달은 한 달 전에 끝이 났는데—오는 인천서 오에게 버는 족족 털어 바치던 아내(라고 오는 결코 부르지 않았지만)를 벗어버리고—그까짓 것은 하여간에 오의 측량할 수 없는 깊은 우정은 그 넉 달 전의 일도 또 한 달 전에 으레 있었어야 할 일도 광풍제월光風霽月 같이 잊어버린—참 반가운 편지가 요 며칠 전에 그의 닫은 생활을 뚫고 들어왔다. 그는 가을과 겨울을 잤다. 계속하여 자는 중이었다. —예이 그래 이 사람아 한번 파치가 된 계집을 또 데리고 살다니 하는 오의 필시 그럴 공연한 쑤석질도 싫었고—그러나 크리스마스—아니다. 어디 그 꿩 구워 먹은 좋은 얼굴을 좀 보아두자—좋은 얼굴—전날의 오—그런 것이지—주체할 수 없게 되기 전에 여기다가 동그라미를 하나 쳐두자—물론 아내는 아무것도 모른다.

2

그날 밤에 아내는 멋없이 층계에서 굴러떨어졌다. 못났다.

도저히 알아볼 수 없는 이 긴가민가한 오와 그는 어디서 술을 먹었다. 분명히 아내가 다니고 있는 R 회관은 아닌 그러나 역시 그는 그의 아내와 조금도 틀린 곳을 찾을 수 없는 너무 많은 그의 아내들을 보고 소름이 끼쳤다. 별의별 세상이다. 저렇게 해놓으면 어떤 것이 어떤 것인지—오—가는 것을 보면 알겠군—두 시에는 남편 노릇 하는 사람들이 일일이 영접하러 오는 그들 여급의 신기한 생활을 그는 들어 알고 있다. 아내는 마중 오지 않는 그를 애정을 구실로 몇 번이나 책망하였으나 들키면 어떻게 하려느냐—누구에게—즉—상대는 보기 싫은 넓적하게 생긴 세상이다. 그는 이 왔다 갔다 하는 똑같이 생긴 화장품—사실 화장품의 고하가 그들을 구별시키는 외에는 표 난 데라고는 영 없었다—얼쑹덜쑹한 아내들을 두리번두리번 돌아보았다. 헤헤—모두 그렇겠지—가서는 방에서—(참 당신은 너무 닮았구려)—그러나 내 아내는 화장품을 잘 사용하지 않으니까—아내의 파리한 바탕 주근깨—코보다 작은 코, 입보다 얇은 입—(화장한 당신이 화장 안 한 아내를 닮았다면?)—"용서하오"—그러나 내 아내만은 왜 그렇게 야위나. 무엇 때문에 (네 죄) (네가 모르느냐) (알지) 그러나 이 여자를 좀 보아라. 얼마나 이글이글하게 살이 알차냐 잘

쪘다. 곁에 와 앉기만 하는데도 후끈후끈하구나. 오의 귓속
말이다. "이게 마유미야 이 뚱뚱보가―하릴없이 양돼진데
좋아 좋단 말이야―금알 낳는 게사니 이야기 알지 (알지)
즉 화수분이야―하루저녁에 삼 원 사 원 오 원―잡힐 물건
이 없는데 돈 주는 전당국이야(정말?) 아― 나의 사랑하는
마유미거든" 지금쯤은 아내도 저 짓을 하렸다. 아프다. 그
의 찌푸린 얼굴을 얼른 오가 껄껄 웃는다. 흥―고약하지―
하지만 들어보게―소바^{そうば,投機}에 계집은 절대 금물이다.
그러나 살을 저며 먹이려고 달겨드는 것을 어쩌느냐 (옳다
옳다) 계집이란 무엇이냐 돈 없이 계집은 무의미다―아니,
계집 없는 돈이야말로 무의미다. (옳다 옳다) 오야 어서 다
음을 계속하여라. 따면 따는 대로 금시계를 산다 몇 개든
지, 또 보석, 털외투를 산다, 얼마든지 비싼 것으로. 잃으
면 그놈을 끌린다. 옳다. (옳다 옳다) 그러나 이 짓은 좀 안
타까운걸. 어떻게 하는고 하니 계집을 하나 찰짜로 골라가
지고 쓱 시계 보석을 사주었다가 도로 빼앗다가 끄리고
또 사주었다가 또 빼앗다가 끄리고―그러니까 사주기는
사주었는데 그놈이 평생 가야 제 것이 아니고 내 것이거
든―쓱 얼마를 그런 다음에는―그러니까 꼭 여급이라야
만 쓰거든―하루저녁에 아따 얼마를 벌든지 버는 대로 털
거든―살을 저며 먹이려 드는데 하루에 아 삼사 원 털기
쯤―보석은 또 여전히 사주니까 남는 것은 없어도 여러 번
사준 폭 되고 내가 거미지, 거민 줄 알면서도―아니야, 나
는 또 제 요구를 안 들어주는 것은 아니니까―그렇지만 셋

방 하나 얻어가지고 같이 살자는 데는 학질이야—여보게 거기까지 가면 삼십까지 백만 원 꿈은 세봉이지. (옳다? 옳다?) 소바란 놈 이따가 부자 되는 수효보다는 지금 거지 되는 수효가 훨씬 더 많으니까, 다, 저런 것이 하나 있어야 든든하지. 즉 배수진을 쳐놓자는 것이다. 오는 현명하니까 이 금알 낳는 게사니 배를 가를 리는 천부만부다. 저 더덕덕덕 붙은 볼따구니 두껍다란 입술이 생각하면 다시없이 귀엽기도 할밖에.

그의 눈은 주기로 하여 차차 몽롱하여 들어왔다 개개 풀린 시선이 그 마유미라는 고깃덩어리를 부러운 듯이 살피고 있었다. 아내—마유미—아내—자꾸 말라 들어가는 아내—꼬챙이 같은

아내—그만 좀 마르지—마유미를 좀 보려무나—넓적한 잔등이 푼더분한 폭, 폭, 폭을—세상은 고르지도 못하지—하나는 옥수수 과자 모양으로 무럭무럭 부풀어 오르고 하나는 눈에 보이듯이 오그라들고—보자 어디 좀 보자—인절미 굽듯이 부풀어 올라오는 것이 눈으로 보이렷다. 그러나 그의 눈은 어항에 든 금붕어처럼 눈자위 속에서 그저 오르락내리락 꿈틀거릴 뿐이었다. 화려하게 웃는 마유미의 복스러운 얼굴이 해초처럼 느리게 움직이는 것이 희미하게 보일 뿐이었다. 오는 이런 코를 찌르는 화장품 속에서 웃고 소리 지르고 손뼉을 치고 또 웃었다.

왜 오에게만 저런 강력한 것이 있나. 분명히 오는 마유미에게 야위지 못하도록 금하여 놓았으리라. 명령하여

놓았나 보다. 장하다. 힘. 의지—? 그런 강력한 것—그런 것은 어디서 나오나. 내—그런 것만 있다면 이 노릇 안 하지—일하지—하여도 잘하지—들창을 열고 뛰어내리고 싶었다. 아내에게서 그 악착한 끄나풀을 끌러 던지고 훨훨 줄 달음박질을 쳐서 달아나버리고 싶었다. 내 의지가 작용하지 않는 온갖 것아, 없어져라. 닫자. 첩첩이 닫자. 그러나 이것도 힘이 아니면 무엇이랴—시뻘겋게 상기한 눈이 살기를 띠고 명멸하는 황홀경 담벼락에 숨 쉴 구멍을 찾았다. 그냥 벌벌 떨었다. 텅 빈 골 속에 회오리바람이 일어난 것 같이 완전히 전후를 가리지 못하는 일개 그는 추잡한 취한으로 화하고 말았다.

그때 마유미는 그의 귀에다 대고 속삭인다. 그는 목을 움칫하면서 혀를 내밀어 널름널름하여 보였다. 그러나 저러나 너무 먹었나 보다—취하기도 취하였거니와 이것은 배가 좀 너무 부르다. 마유미 무슨 이야기요. "저이가 거짓말쟁인 줄 제가 모르는 줄 아십니까. 알아요 (그래서) 미술가라지요. 생 딴전을 해놓겠지요. 좀 타일러주세요—어림없이 그리지 말라구요—이 마유미는 속는 게 아니라구요—제가 이러는 게 그야 좀 반허긴 반했지만—선생님은 아시지오 (알고말고) 으쨌든 저따위 끄나풀이 한 마리 있어야 삽니다. (뭐? 뭐?) 생각해보세요—그래 하룻밤에 삼사 원씩 벌어야 뭣에다 쓰느냐 말이에요—화장품을 사나요? 옷감을 끊나요 허긴 한두 번 아니 열아믄 번꺼지는 아주 비싼 놈으로 골라서 그 짓도 허지오—허지만 허구헌 날

○   22

화장품을 사나요 옷감을 끊나요? 거 다 뭐허나요―얼마 못 가서 싫증이 납니다―그럼 거지를 주나요? 아이구 참―이 세상에서 제일 미운 게 거집니다. 그래두 저런 끄나풀을 한 마리 가지는 게 화장품이나 옷감보다는 훨씬 낫습니다. 좀 처럼 싫증 나는 법이 없으니까요―즉 남자가 외도하는― 아니―좀 다릅니다. 하여간 싸움을 해가면서 벌어다가 그 날 저녁으로 저 끄나풀한테 빼앗기고 나면―아니 송두리 째 갖다 바치고 나면 속이 시원합니다. 구수합니다. 그러니 까 저를 빨아먹는 거미를 제 손으로 길르는 세음이지요. 그 렇지만 또 이 허전한 것을 저 끄나풀이 다 수굿이 채워주 거니 하면 아까운 생각은커녕 즈이가 되려 거민가 싶습니 다. 돈을 한 푼도 벌지 말면 그만이겠지만 인제 그만해도 이 생활이 살에 척 배어버려서 얼른 그만두기도 어렵고 허 자니 그러기는 싫습니다. 이를 북북 갈아 제쳐가면서 기를 쓰고 빼앗습니다."

양말―그는 아내의 양말을 생각하여보았다. 양말 사 이에서는 신기하게도 밤마다 지폐와 은화가 나왔다. 오십 전짜리가 딸랑하고 방바닥에 굴러떨어질 때 듣는 그 음향 은 이 세상 아무것에도 비길 수 없는 가장 숭엄한 감각에 틀림없었다. 오늘 밤에는 아내는 또 몇 개의 그런 은화를 정강이에서 뱉어놓으려나 그 북어와 같은 종아리에 난 돈 자국―돈이 살을 파고 들어가서―고놈이 아내의 정기를 속속들이 빨아내나 보다. 아―거미―잊어버렸던 거미― 돈도 거미―그러나 눈앞에 놓여 있는 너무나 튼튼한 쌍거미—너무 튼튼하지 않으냐. 담배를 한 대 피워 물고—참—
아내야. 대체 내가 무엇인 줄 알고 죽지 못하게 이렇게 먹
여 살리느냐—죽는 것—사는 것—그는 천하다. 그의 존재
는 너무나 우스꽝스럽다. 스스로 지나치게 비웃는다.

그러나—두 시—그 황홀한 동굴—방—을 향하여 그
의 걸음은 빠르다. 여러 골목을 지나—오야 너는 너 갈 데
로 가거라—따듯하고 밝은 들창과 들창을 볼 적마다—
닭—개—소는 이야기로만—그리고 그림엽서—이런 펄펄
끓는 심지를 부여잡고 그 화끈화끈한 방을 향하여 쏟아지
듯이 몰려간다. 전신의 피—무게—와 있겠지—기다리겠
지—오래간만에 취한 실없는 사건—허리가 녹아나도록 이
녀석—이 녀석—이 엉뚱한 발음—숨을 힘껏 들이쉬어 두
자. 숨을 힘껏 쉬어라. 그리고 참자 에라. 그만 아주 미쳐버
려라.

그러나 웬일일까. 아내는 방에서 기다리고 있지 않았
다. 아하—그날이 왔구나. 왜 갔는지 모르는데 가버리는
날—하필? 그러나 (왜 왔는지 알기 전에) 왜 갔는지 모르
고 지내는 중에 너는 또 오려느냐—내친걸음이다. 아니—
아주 닫아버릴까. 수챗구멍에 빠져서라도 섣불리 세상이
업신여기려도 업신여길 수 없도록—트집거리를 주어서는
안 된다. R 카페—내일 A 취인점이 고객을 초대하는 망년
회를 열—아내—뚱뚱 주인이 받아가지고 간 내 인사—이
저주받아야 할 R 카페의 뒷문으로 하여 주춤주춤 그는 조
바ちょうば, 계산대에 그의 협수룩한 꼴을 나타내었다. 조바 내

다 안다—너희들이 얼마에 사다가 얼마에 파나—알면 무엇을 하나—여보 안경 쓴 부인 말 좀 물읍시다. (아이구 복작거리기도 한다 이 속에서 어떻게들 사누) 부인은 통신부같이 생긴 종잇조각에 차례차례 도장을 하나씩만 찍어준다. 아내는 일상 말하였다. 얼마를 벌든지 일원씩만 갚는 법이라고—딴은 무이자다—어째서 무이자냐—(아느냐)—돈이—같지 않더냐 그야말로 도통을 하였느냐. 그래 "나미꼬가 어디 있습니까" "댁에서 오셨나요 지금 경찰서에 가 있습니다" "뭘 잘못했나요" "아아니—이거 어째 이렇게 칠칠치가 못할까"는 듯이 칼을 들고나온 쿡이 똑똑히 좀 들으라는 이야기다. 아내는 충계에서 굴러떨어졌다. 넌 왜 요렇게 삐삐 말렀니—아야 아야 노세요 말 좀 해봐 아야 아야 노세요. (눈물이 핑 돌면서 당신은 왜 그렇게 양돼지 모양으로 살이 쪘소오—뭐이, 양돼지?—양돼지가 아니고—에이 발칙한 것. 그래서 발길로 차었고 채여서는 충계에서 굴러떨어졌고 굴러떨어졌으니 분하고—모두 분하다. "과히 다치지는 않았지만 그런 놈은 버릇을 좀 가르쳐주어야 하느니 그래 경관은 내가 불렀소이다" 말라깽이라고 그런 점잖은 손님의 농담에 어찌 외람히 말대꾸를 하였으며 말대꾸도 유분수지 양돼지라니—그래 생각해보아라 네가 말라깽이가 아니고 무엇이냐—암—내라도 양돼지 소리를 듣고는—아니 말라깽이 소리를 듣고는—아니 양돼지 소리를 듣고는—아니다 아니다 말라깽이 소리를 듣고는—나도 사실은 말라깽이지만—그저 있을 수 없

다—양돼지라 그래줄밖에—아니 그래 양돼지라니 그런 괘씸한 소리를 듣고 내가 손님이라면—아니 내가 여급이라면—당치 않은 말—내가 손님이라면 그냥 패주겠다. 그렇지만 아내야 양돼지 소리 한마디만은 잘했다 그러니까 걷어차였지—아니 나는 대체 누구 편이냐 누구 편을 들고 있는 세음이냐. 그 대그락대그락하는 몸이 은근히 다쳤겠지—접시 깨지듯 했겠지—아프다. 아프다. 앞이 다 캄캄하여지기 전에 사부로가 씨근씨근 왔다. 남편 되는 이더러 오란단다 바로 나요—마침 잘되었습니다. 나쁜 놈입니다 고소하세요. 여급들과 보이들과 이다바^{いた"ば, 조리사}들의 동정은 실로 나미꼬 일신 위에 집중되어 형세 자못 온건치 않은 것이었다.

경찰서 숙직실—이상하다—우선 경부보와 순사 그리고 오 R 카페 뚱뚱 주인 그리고 과연 양돼지와 같은 범인(저건 내라도 양돼지라고 자칫 그러기 쉬울걸) 그리고 난로 앞에 새파랗게 질린 채 쪼크리고 앉아 있는 새앙쥐만한 아내—그는 얼빠진 사람 모양으로 이 진기한—도저히 있을 법하지 않은 콤비네이션을 몇 번이고 두루 살펴보았다. 그는 비철비철 그 양돼지 앞으로 가서 그 개기름 흐르는 얼굴을 한참이나 들여다보더니 떠억 "당신입니까" "당신입니까" 아마 안면이 무던히 있나 보다 서로 쳐다보며 빙그레 웃는 속이—그러나 아내야 가만있자—제발 울음을 그쳐라 어디 이야기나 좀 해보자꾸나. 후 한숨을 내쉬고 났더니 멈췄던 취기가 한꺼번에 치밀어 올라오면서 그는 금시로 그 자리에 쓰러질 것 같았다. 와이셔츠 자락이 바지 밖으로 꾀져 나온 이 양돼지에게 말을 건넨다. "뵈옵기에 퍽 몸이 약하신데요" "딴 말씀" "딴 말씀이라니" "딴 말씀이지" "딴 말씀이시라니" "허 딴 말씀이라니까" "허 딴 말씀이라니까라니" 그때 참다못하여 경부보가 소리를 질렀다. 그리고 그대가 나미꼬의 정당한 남편인가 이름은 무엇인가 직업은 무엇인가 하는 질문에는 질문마다 그저 한없이 공손히 고개를 숙여주었을 뿐이었다. 고개만 그렇게 공연히 숙였다 치켰다 할 것이 아니라 그대는 그래 고소할 터인가 즉 말하자면 이 사람을 어떻게 하였으면 좋겠는가. 그렇습니다. (당신들 눈에 내가 구더기만큼이나 보이겠소? 이 사람을 어떻게 하였으면 좋을까는 내가 모르면 경찰이 알겠거니와 그래 내가 하라는 대로 하겠다는 말이오?) 지금 내가 어떻게 하였으면 좋을까는 누구에게 물어보아야 되나요. 거기 섰는 오 그리고 내 아내의 주인 나를 위하여 가르쳐주소, 어떻게 하였으면 좋으리까 눈물이 어느 사이에 뺨을 흐르고 있었다. 술이 점점 더 취하여 들어온다. 그는 이 자리에서 어떻다고 차마 입을 벌릴 정신도 용기도 없었다. 오와 뚱뚱 주인이 그의 어깨를 건드리며 위로한다. "다른 사람이 아니라 우리 A 취인점 전무야. 술 취한 개라니 그렇게만 알게나그려. 자네도 알다시피 내일 망년회에 전무가 없으면 사장이 없는 것 이상이야. 잘 화해할 수는 없나" "화해라니 누구를 위해서" "친구를 위하야" "친구라니" "그럼 우리 점을 위해서" "자네가 사장인가" 그때 뚱뚱 주인이 "그럼 당신의 아내를 위하야" 백 원씩 두 번 얻어 썼다. 남은 것이 백오십 원—잘 알아들었다. 나를 위협하는 모양이구나. "이건 동화지만 세상에는 어쨌든 이런 일도 있소 즉 백 원이 석 달 만에 꼭 오백이 되는 이야긴데 꼭 되었어야 할 오백 원이 그게 넉 달이었기 때문에 감쪽같이 한 푼도 없어져버린 신기한 이야기요. (오야 내가 좀 치사스러우냐) 자 이런 일도 있는데 일개 여급 발길로 차는 것쯤이야 팥고물이 아니고 무엇이겠소? (그러나 오야 일없다 일없다) 자 나는 가겠소. 왜들 이렇게 성가시게 구느냐, 나는 아무것에도 참견하기 싫다. 이 술을 곱게 삭이고 싶다. 나를 보내주시오 아내를 데리고 가겠소. 그러고는 다 마음대로 하시오."

밤—홍수가 고갈한 최초의 밤—신기하게도 건조한 밤이었다. 아내야 너는 이 이상 더 야위어서는 안 된다 절대로 안 된다 명령해둔다. 그러나 아내는 참새 모양으로 깽깽 신열까지 내어가면서 날이 새도록 앓았다. 그 곁에서 그는 이것은 너무나 염치없이 씨근씨근 쓰러지자마자 잠이 들어버렸다. 안 골던 코까지 골고—아—정말 양돼지는 누구냐 너무 피곤하였던 것이다. 그냥 기가 막혀버렸던 것이다.

그동안—긴 시간.

아내는 아침에 나갔다. 사부로가 부르러 왔기 때문이다. 경찰서로 간단다. 그도 오란다. 모든 것이 귀찮았다. 다리 저는 아내를 억지로 내어 보내놓고 그는 인간 세상의 하품을 한번 커다랗게 하였다. 한없이 게으른 것이 역시 제일이구나. 첩첩이 덧문을 닫고 않는 소리 없는 방안에서 이번에는 정말—제발 될 수 있는 대로 아내는 오래 걸려서 이따가 저녁때나 되거든 돌아왔으면 그러든지—경우에 따라서는 아내가 아주 가버리기를 바라기조차 하였다. 두 다리를 쭉 뻗고 깊이깊이 잠이 좀 들어보고 싶었다.

오후 두 시—십 원 지폐가 두 장이었다. 아내는 그 앞에서 연해 해죽거렸다. "누가 주더냐" "당신 친구 오 씨가 줍디다" 오 오 역시 오로구나(그게 네 백 원 꿀떡 삼킨 동화의 주인공이다) 그리운 지난날의 기억들 변한다 모든 것이 변한다. 아무리 그가 이 방 덧문을 첩첩 닫고 일 년 열두 달을 수염도 안 깎고 누워 있다 하더라도 세상은 그 잔인한 '관계'를 가지고 담벼락을 뚫고 숨어든다. 오래간만에 잠다운 잠을 참 한참 늘어지게 잤다. 머리가 차츰 맑아 들어온다. "오가 주드라 그래 뭐라고 그러면서 주드냐" "전무가 술이 깨서 참 잘못했다고 사과하드라고" "너 대체 어디까지 갔다 왔느냐" "조바까지" "잘한다, 그래 그걸 넙적 받았느냐" "안 받으려다가 정 잘못했다고 그러드라니까" 그럼 오의 돈은 아니다. 전무? 뚱뚱 주인 둘 다 있을 법한 일이다. 아니, 십 원씩 추렴인가. 이런 때 왜 그의 머리는 맑은가. 그냥 흐려서 아무것도 생각할 수 없이 되어버렸으면 작히 좋겠나. 망년회 오후. 고소. 위자료. 구더기. 구더기만도 못한 인간. 아내는 아프다면서 재재 대인다. "공돈이 생겼으니 써버립시다. 오늘은 안 나갈 테야 (멍든 데 고

약사 바를 생각은 꿈에도 하지 않고) 내일 낮에 치마가 한 감 저고리가 한 감 (뭣이 하나 뭣이 하나) (그래서 십 원은 까불린 다음) 남저지 십 원은 당신 구두 한 컬레 맞춰주기로" 마음대로 하려무나. 나는 졸리다. 졸려 죽겠다. 코를 풀어버리더라도 내게 의논 마라. 지금쯤 R 회관 삼 층에 얼마나 장중한 연회가 열렸을 것이며 양돼지 전무는 와이셔츠를 집어넣고 얼마나 점잖을 것인가. 유치장에서 연회로 (공장에서 가정으로) 이십 원짜리―이 백여 명―칠면조―햄―소시지―비계―양돼지―일 년 전 이 년 전 십 년 전―수염―냉회와 같은 것―남은 것―뼈다귀―지저분한 자국―과 무엇이 남았느냐―닫은 일 년 동안―산 채 썩어들어 가는 그 앞에 가로놓인 아가리 딱 벌린 1월이었다.

위로가 될 수 있었나 보다. 아내는 혼곤히 잠이 들었다. 전등이 딱들 하다는 듯이 물끄러미 내려다보고 있다. 진종일을 물 한 모금 마시지 않았다. 이십 원 때문에 그들 부부는 먹어야 산다는 철칙을―그 장중한 법률을 완전히 거역할 수 있었다.

이것이 지금 이 기괴망측한 생리 현상이 즉 배가 고프다는 상태렷다. 배가 고프다. 한심한 일이다. 부끄러운 일이었다. 그러나 오 네 생활에 내 생활을 비교하여 아니 내 생활에 네 생활을 비교하여 어떤 것이 진정 우수한 것이냐. 아니 어떤 것이 진정 열등한 것이냐. 외투를 걸치고 모자를 없고―그리고 잊어버리지 않고 그 이십 원을 주머니에 넣고 집―방을 나섰다. 밤은 안개로 하여 흐릿하다. 공

○

기는 제대로 썩어들어 가는지 쉬적지근하여. 또—과연 거
미다. (환퇴)—그는 그의 손가락을 코밑에 가져다가 가만
히 맡아보았다. 거미 내음새는—그러나 이십 원을 요모조
모 주무르던 그 새금한 지폐 내음새가 참 그윽할 뿐이었
다. 요 새금한 내음새—요것 때문에 세상은 가만있지 못하
고 생사람을 더러 잡는다—더러가 뭐냐. 얼마나 많이 축을
내나. 가다듬을 수 없는 어지러운 심정이었다. 거미—그렇
지—거미는 나밖에 없다. 보아라. 지금 이 거미의 끈적끈적
한 촉수가 어디로 몰려가고 있나—쪽 소름이 끼치고 식은
땀이 내솟기 시작이다.

　　노한 촉수—마유미—오의 자신 있는 계집—끄나
풀—허전한 것—수단은 없다. 손에 쥔 이십 원—마유미—
십 원은 술 먹고 십 원은 팁으로 주고 그래서 마유미가 응
하지 않거든 예이 양돼지라고 그래버리지. 그래도 그만이
라면 이십 원은 그냥 날아가—헛되다—그러나 어떠냐 공
돈이 아니냐. 전무는 한 번 더 아내를 층계에서 굴러 떨어
뜨려 주려무나. 또 이십 원이다. 십 원은 술값 십 원은 팁.
그래도 마유미가 응하지 않거든 양돼지라고 그래주고 그
래도 그만이면 이십 원은 그냥 뜨는 것이다 부탁이다. 아내
야 또 한 번 전무 귀에다 대고 양돼지 그래라. 걷어차거든
두말 말고 층계에서 내려 굴러라.

—《중앙》, 1936. 6.

날개

'박제가 되어버린 천재'를 아시오? 나는 유쾌하오. 이런 때 연애까지가 유쾌하오.

육신이 흐느적흐느적하도록 피로했을 때만 정신이 은화처럼 맑소. 니코틴이 내 횟배 앓는 배 속으로 숨으면 머릿속에 으레히 백지가 준비되는 법이오. 그 위에다 나는 위트와 패러독스를 바둑 포석처럼 늘어놓소. 가공할 상식의 병이오.

나는 또 여인과 생활을 설계하오. 연애 기법에마저 서먹서먹해진, 지성의 극치를 흘낏 좀 들여다본 일이 있는 말하자면 일종의 정신분일자精神奔逸者 말이오. 이런 여인의 반─그것은 온갖 것의 반이오─만을 영수領受하는 생활을

○

설계한다는 말이오. 그런 생활 속에 한 발만 들여놓고 흡사 두 개의 태양처럼 마주 처다보면서 낄낄거리는 것이오. 나는 아마 어지간히 인생의 제행諸行이 싱거워서 견딜 수가 없게끔 되고 그만둔 모양이오 굿바이.

　—굿바이. 그대는 이따금 그대가 제일 싫어하는 음식을 탐식하는 아이러니를 실전해보는 것도 좋을 것 같소 위트와 패러독스와…….

　그대 자신을 위조하는 것도 할 만한 일이오. 그대의 작품은 한 번도 본 일이 없는 기성품에 의하여 차라리 경편하고 고매하리라.

　19세기는 될 수 있거든 봉쇄하여버리오. 도스토옙스키 정신이란 자칫하면 낭비인 것 같소. 위고를 불란서의 빵 한 조각이라고는 누가 그랬는지 지언인 듯싶소. 그러나 인생 혹은 그 모형에 있어서 디테일 때문에 속는다거나 해서야 되겠소? 화를 보지 마오. 부디 그대께 고하는 것이니…….

　(테이프가 끊어지면 피가 나오. 생채기도 머지않아 완치될 줄 믿소—굿바이.)

　감정은 어떤 포스. (그 포스의 소素만을 지적하는 것이 아닌지나 모르겠소.) 그 포스가 부동자세에까지 고도화할 때 감정은 딱 공급을 정지합네다.

나는 내 비범한 발육을 회고하여 세상을 보는 안목을 규정하였소.

여왕봉과 미망인—세상의 하고많은 여인이 본질적으로 이미 미망인 아닌 이가 있으리까? 아니! 여인의 전부가 그 일상에 있어서 개개 '미망인'이라는 내 논리가 뜻밖에도 여성에 대한 모독이 되오? 굿바이.

그 33번지라는 것이 구조가 흡사 유곽이라는 느낌이 없지 않다. 한 번지에 열여덟 가구가 죽─ 어깨를 맞대고 늘어서서 창호가 똑같고 아궁이 모양이 똑같다. 게다가 각 가구에 사는 사람들이 송이송이 꽃과 같이 젊다. 해가 들지 않는다. 해가 드는 것을 그들이 모른 체하는 까닭이다. 턱살 밑에다 철줄을 매고 얼룩진 이부자리를 널어 말린다는 핑계로 미닫이에 해가 드는 것을 막아버린다. 침침한 방안에서 낮잠들을 잔다. 그들은 밤에는 잠을 자지 않나? 알 수 없다. 나는 밤이나 낮이나 잠만 자느라고 그런 것은 알 길이 없다. 33번지 열여덟 가구의 낮은 참 조용하다.

조용한 것은 낮뿐이다. 어둑어둑하면 그들은 이부자리를 걷어 들인다. 전등불이 켜진 뒤의 열여덟 가구는 낮보다 훨씬 화려하다. 저물도록 미닫이 여닫는 소리가 잦다, 바빠진다. 여러 가지 내음새가 나기 시작한다. 비웃 굽는 내 탕고도란 내 뜨물 내 비누 내……

그러나 이런 것들보다도 그들의 문패가 제일로 고개를 끄덕이게 하는 것이다. 이 열여덟 가구를 대표하는 대문이라는 것이 일각이 져서 외따로 떨어지기는 했으나 있다. 그러나 그것은 한 번도 닫힌 일이 없는 행길이나 마찬가지 대문인 것이다. 온갖 장사치들은 하루 가운데 어느 시간에라도 이 대문을 통하여 드나들 수가 있는 것이다. 이네들은 문간에서 두부를 사는 것이 아니라 미닫이만 열고 방에서 두부를 사는 것이다. 이렇게 생긴 33번지 대문에 그들 열여덟 가구의 문패를 놀다 붙이는 것은 의미가 없다. 그들은 어느 사이엔가 각 미닫이 위 백인당이니 길상당이니 써 붙인 한 곁에다 문패를 붙이는 풍속을 가져버렸다. 내 방 미닫이 위 한 곁에 칼표 딱지를 넷에다 낸 것만 한 내—아니! 내 아내의 명함이 붙어 있는 것도 이 풍속을 좇은 것이 아닐 수 없다.

나는 그러나 그들의 아무와도 놀지 않는다. 놀지 않을 뿐만 아니라 인사도 않는다. 나는 내 아내와 인사하는 외에 누구와도 인사하고 싶지 않았다.

내 아내 외의 다른 사람과 인사를 하거나 놀거나 하는 것은 내 아내 낯을 보아 좋지 않은 일인 것만 같이 생각이 들었기 때문이다. 나는 이만큼까지 내 아내를 소중히 생각한 것이다.

내가 이렇게까지 내 아내를 소중히 생각한 까닭은 이 33번지 열여덟 가구 가운데서 내 아내가 내 아내의 명함처럼 제일 작고 제일 아름다운 것을 안 까닭이다. 열여덟 가구에 각기 별러 든 송이송이 꽃들 가운데서도 내 아내는 특히 아름다운 한 떨기의 꽃으로 이 함석지붕 밑 볕 안 드는 지역에서 어디까지든지 찬란하였다. 따라서 그런 한 떨기 꽃을 지키고—아니 그 꽃에 매달려 사는 나라는 존재가 도무지 형언할 수 없는 거북살스러운 존재가 아닐 수 없었던 것은 물론이다.

나는 어디까지든지 내 방이—집이 아니다. 집은 없다.—마음에 들었다. 방안의 기온은 내 체온을 위하여 쾌적하였고 방안의 침침한 정도가 또한 내 안력을 위하여 쾌적하였다. 나는 내 방 이상의 서늘한 방도 또 따뜻한 방도 희망하지는 않았다. 이 이상으로 밝거나 이 이상으로 아늑한 방을 원하지 않았다. 내 방은 나 하나를 위하여 요만한 정도를 꾸준히 지키는 것 같아 늘 내 방이 감사하였고 나는 또 이런 방을 위하여 이 세상에 태어난 것만 같아서 즐거웠다.

그러나 이것은 행복이라든가 불행이라든가 하는 것을 계산하는 것은 아니었다. 말하자면 나는 내가 행복되다고도 생각할 필요가 없었고 그렇다고 불행하다고도 생각할 필요가 없었다. 그냥 그날그날을 그저 까닭 없이 펀둥펀둥 게으르고만 있으면 만사는 그만이었던 것이다.

내 몸과 마음에 옷처럼 잘 맞는 방 속에서 뒹굴면서 축 처져 있는 것은 행복이니 불행이니 하는 그런 세속적인 계산을 떠난 가장 편리하고 안일한 말하자면 절대적인 상태인 것이다. 나는 이런 상태가 좋았다.

이 절대적인 내 방은 대문간에서 세어서 똑— 일곱째 칸이다. 러키세븐의 뜻이 없지 않다. 나는 이 일곱이라는 숫자를 훈장처럼 사랑하였다. 이런 이 방이 가운데 장지로 말미암아 두 칸으로 나뉘어 있었다는 그것이 내 운명의 상징이었던 것을 누가 알랴?

아랫방은 그래도 해가 든다. 아침결에 책보만 한 해가 들었다가 오후에 손수건만 해지면서 나가버린다. 해가 영영 들지 않는 윗방이 즉 내 방인 것은 말할 것도 없다. 이렇게 볕 드는 방이 아내 해이오 볕 안 드는 방이 내 방이오 하고 아내와 나 둘 중에 누가 정했는지 나는 기억하지 못한다. 그러나 나에게는 불평이 없다.

아내가 외출만 하면 나는 얼른 아랫방으로 와서 그 동쪽으로 난 들창을 열어놓고 열어놓으면 들이비치는 볕살이 아내의 화장대를 비쳐 가지각색 병들이 아롱이 지면서 찬란하게 빛나고 이렇게 빛나는 것을 보는 것은 다시없는 내 오락이다. 나는 조끄만 '돋보기'를 꺼내가지고 아내만이 사용하는 지리가미^{ちりがみ, 휴지}를 끄슬러가면서 불장난을 하고 논다. 평행 광선을 굴절시켜서 한 초점에 모아가지고 고 초점이 따끈따끈해지다가 마지막에는 종이를 끄스르기 시작하고 가느다란 연기를 내면서 드디어 구멍을 뚫어놓는 데까지에 이르는 고 얼마 안 되는 동안의 초조한 맛이 죽고 싶을 만치 내게는 재미있었다.

이 장난이 싫증이 나면 나는 또 아내의 손잡이 거울을

가지고 여러 가지로 논다. 거울이란 제 얼굴을 비칠 때만 실용품이다. 그 외의 경우에는 도무지 장난감인 것이다.

이 장난도 곧 싫증이 난다. 나의 유희심은 육체적인 데서 정신적인 데로 비약한다. 나는 거울을 내던지고 아내의 화장대 앞으로 가까이 가서 나란히 늘어 놓인 고 가지 각색의 화장품 병들을 들여다본다. 고것들은 세상의 무엇보다도 매력적이다. 나는 그중의 하나만을 골라서 가만히 마개를 빼고 병 구멍을 내 코에 가져다 대고 숨죽이듯이 가벼운 호흡을 하여본다. 이국적인 센슈얼한 향기가 폐로 스며들면 나는 저절로 스르르 감기는 내 눈을 느낀다. 확실히 아내의 체취의 파편이다. 나는 도로 병마개를 막고 생각해본다. 아내의 어느 부분에서 요 내음새가 났던가를…… 그러나 그것은 분명치 않다. 왜? 아내의 체취는 요기 늘어섰는 가지각색 향기의 합계일 것이니까.

아내의 방은 늘 화려하였다. 내 방이 벽에 못 한 개 꽂히지 않은 소박한 것인 반대로 아내 방에는 천장 밑으로 쫙 돌려 못이 박히고 못마다 화려한 아내의 치마와 저고리가 걸렸다. 여러 가지 무늬가 보기 좋다. 나는 그 여러 조각의 치마에서 늘 아내의 동체胴體와 그 동체 될 수 있는 여러 가지 포스를 연상하고 연상하면서 내 마음은 늘 점잖지 못하다.

그렇건만 나에게는 옷이 없었다. 아내는 내게는 옷을 주지 않았다. 입고 있는 코르덴 양복 한 벌이 내 자리옷이

었고 통상복과 나들이옷을 겸한 것이었다. 그리고 하이넥의 스웨터가 한 조각 사철을 통한 내 내의다. 그것들은 하나같이 다 빛이 검다. 그것은 내 짐작 같아서는 즉 빨래를 될 수 있는 데까지 하지 않아도 보기 싫지 않도록 하기 위한 것이 아닌가 한다. 나는 허리와 두 가랑이 세 군데 다— 고무 밴드가 끼워 있는 부드러운 사루마다 ^{さるまた, 속잠방이}를 입고 그리고 아무 소리 없이 잘 놀았다.

어느덧 손수건만 해졌던 볕이 나갔는데 아내는 외출에서 돌아오지 않는다. 나는 요만 일에도 좀 피곤하였고 또 아내가 돌아오기 전에 내 방으로 가 있어야 될 것을 생각하고 그만 내 방으로 건너간다. 내 방은 침침하다. 나는 이불을 뒤집어쓰고 낮잠을 잔다. 한 번도 걷은 일이 없는 내 이부자리는 내 몸뚱이의 일부분처럼 내게는 참 반갑다. 잠은 잘 오는 적도 있다. 그러나 또 전신이 까칫까칫하면서 영 잠이 오지 않는 적도 있다. 그런 때는 아무 제목으로나 제목을 하나 골라서 연구하였다. 나는 내 좀 축축한 이불 속에서 참 여러 가지 발명도 하였고 논문도 많이 썼다. 시도 많이 지었다. 그러나 그것들은 내가 잠이 드는 것과 동시에 내 방에 담겨서 철철 넘치는 그 흐늑흐늑한 공기에다— 비누처럼 풀어져서 온데간데가 없고 한잠 자고 깬 나는 속이 무명 헝겊이나 메밀껍질로 띵띵 찬 한 덩어리 베개와도 같은 한 벌 신경이었을 뿐이고 뿐이고 하였다.

그러기에 나는 빈대가 무엇보다도 싫었다. 그러나 내

방에서는 겨울에도 몇 마리씩의 빈대가 끊이지 않고 나왔다. 내게 근심이 있었다면 오직 이 빈대를 미워하는 근심일 것이다. 나는 빈대에게 물려서 가려운 자리를 피가 나도록 긁었다. 쓰라리다. 그것은 그윽한 쾌감에 틀림없었다. 나는 혼곤히 잠이 든다.

나는 그러나 그런 이불 속의 사색 생활에서도 적극적인 것을 궁리하는 법이 없다. 내게는 그럴 필요가 대체 없었다. 만일 내가 그런 좀 적극적인 것을 궁리해내었을 경우에 나는 반드시 내 아내와 의논하여야 할 것이고 그러면 반드시 나는 아내에게 꾸지람을 들을 것이고—나는 꾸지람이 무서웠다느니 보다도 성가셨다. 내가 제법 한 사람의 사회인의 자격으로 일을 해보는 것도, 아내에게 사설 듣는 것도 나는 가장 게으른 동물처럼 게으른 것이 좋았다. 될 수만 있으면 이 무의미한 인간의 탈을 벗어버리고도 싶었다.

나에게는 인간 사회가 스스러웠다. 생활이 스스러웠다. 모두가 서먹서먹할 뿐이었다.

아내는 하루에 두 번 세수를 한다. 나는 하루 한 번도 세수를 하지 않는다. 나는 밤중 세 시나 네 시 해서 변소에 갔다. 달이 밝은 밤에는 한참씩 마당에 우두커니 섰다가 들어오곤 한다. 그러니까 나는 이 열여덟 가구의 아무와도 얼굴이 마주치는 일이 거의 없다. 그러면서도 나는 이 열여덟 가구의 젊은 여인네 얼굴들을 거반 다 기억하고 있었다. 그들은 하나같이 내 아내만 못하였다.

열한 시쯤 해서 하는 아내의 첫 번 세수는 좀 간단하다. 그러나 저녁 일곱 시쯤 해서 하는 두 번째 세수는 손이 많이 간다. 아내는 낮에보다도 밤에 더 좋고 깨끗한 옷을 입는다. 그리고 낮에도 외출하고 밤에도 외출하였다.

아내에게 직업이 있었던가? 나는 아내의 직업이 무엇인지 알 수 없다. 만일 아내에게 직업이 없었다면 같이 직업이 없는 나처럼 외출할 필요가 생기지 않을 것인데―아내는 외출한다. 외출할 뿐만 아니라 내객이 많다. 아내에게 내객이 많은 날은 나는 온종일 내 방에서 이불을 쓰고 누워 있어야만 된다. 불장난도 못 한다. 화장품 내음새도 못 맡는다. 그런 날은 나는 의식적으로 우울하였다. 그러면 아내는 나에게 돈을 준다. 오십 전짜리 은화다. 나는 그것이 좋았다. 그러나 그것을 무엇에 써야 옳을지 몰라서 늘 머리맡에 던져두고 두고 한 것이 어느결에 모여서 꽤 많아졌다. 어느 날 이것을 본 아내는 금고처럼 생긴 벙어리를 사다 준다. 나는 한 푼씩 한 푼씩 고 속에 넣고 열쇠는 아내가 가져갔다. 그 후에도 나는 더러 은화를 그 벙어리에 넣은 것을 기억한다. 그리고 나는 게을렀다. 얼마 후 아내의 머리 쪽에 보지 못하던 누깔잠이 하나 여드름처럼 돋았던 것은 바로 그 금고형 벙어리의 무게가 가벼워졌다는 증거일까. 그러나 나는 드디어 머리맡에 놓였던 그 벙어리에 손을 대지 않고 말았다. 내 게으름은 그런 것에 내 주의를 환기시키기도 싫었다.

아내에게 내객이 있는 날은 이불 속으로 암만 깊이

들어가도 비 오는 날만큼 잠이 잘 오지는 않았다. 나는 그런 때 아내에게는 왜 늘 돈이 있나 왜 돈이 많은가를 연구했다.

내객들은 장지 저쪽에 내가 있는 것을 모르나 보다. 내 아내와 나도 좀 하기 어려운 농을 아주 서슴지 않고 쉽게 해내 던지는 것이다. 그러나 내 아내를 찾은 서너 사람의 내객들은 늘 비교적 점잖았다고 볼 수 있는 것이 자정이 좀 지나면 의례히 돌아들 갔다. 그들 가운데는 퍽 교양이 옅은 자도 있는 듯싶었는데 그런 자는 보통 음식을 사다 먹고 논다. 그래서 보충을 하고 대체로 무사하였다.

나는 위선 내 아내의 직업이 무엇인가를 연구하기에 착수하였으나 좁은 시야와 부족한 지식으로는 이것을 알아내기 힘이 든다. 나는 끝끝내 내 아내의 직업이 무엇인가를 모르고 말려나 보다.

아내는 늘 진솔 버선만 신었다. 아내는 밥도 지었다. 아내가 밥 짓는 것을 나는 한 번도 구경한 일은 없으나 언제든지 끼니때면 내 방으로 내 조석 밥을 날라다 주는 것이다. 우리 집에는 나와 내 아내 외에 다른 사람은 아무도 없다. 이 밥은 분명히 아내가 손수 지었음에 틀림없다.

그러나 아내는 한 번도 나를 자기 방으로 부른 일이 없다. 나는 늘 윗방에서 나 혼자서 밥을 먹고 잠을 잤다. 밥은 너무 맛이 없었다. 반찬이 너무 엉성하였다. 나는 닭이나 강아지처럼 말없이 주는 모이를 넙적넙적 받아먹기는 했으나 내심 야속하게 생각한 적도 더러 없지 않다. 나는 안색이 여지없이 창백해가면서 말라 들어갔다. 나날이 눈에 보이듯이 기운이 줄어들었다. 영양 부족으로 하여 몸뚱이 곳곳이 뼈가 불쑥불쑥 내어밀었다. 하룻밤 사이에도 수십 차를 돌쳐 눕지 않고는 여기저기가 배겨서 나는 배겨낼 수가 없었다.

그렇기 때문에 나는 내 이불 속에서 아내가 늘 흔히 쓸 수 있는 저 돈의 출처를 탐색해보는 일변 장지 틈으로 새어 나오는 아랫방의 음식은 무엇일까를 간단히 연구하였다. 나는 잠이 잘 안 왔다.

깨달았다. 아내가 쓰는 돈은 그 내게는 다만 실없는 사람들로밖에 보이지 않는 까닭 모를 내객들이 놓고 가는 것에 틀림없으리라는 것을 나는 깨달았다. 그러나 왜 그들 내객은 돈을 놓고 가나 왜 내 아내는 그 돈을 받아야 되나 하는 예의 관념이 내게는 도무지 알 수 없는 것이었다.

그것은 그저 예의에 지나지 않는 것일까. 그렇지 않으면 혹 무슨 대가일까 보수일까. 내 아내가 그들의 눈에는 동정을 받아야만 할 한 가엾은 인물로 보였던가.

이런 것들을 생각하노라면 의례히 내 머리는 그냥 혼란하여 버리고 버리고 하였다. 잠들기 전에 획득했다는 결론이 오직 불쾌하다는 것뿐이었으면서도 나는 그런 것을 아내에게 물어보거나 한 일이 참 한 번도 없다. 그것은 대체 귀찮기도 하려니와 한잠 자고 일어나는 나는 사뭇 딴사람처럼 이것도 저것도 다 깨끗이 잊어버리고 그만두는 까닭이다.

내객들이 돌아가고, 혹 밤 외출에서 돌아오고 하면 아내는 경편한 것으로 옷을 바꾸어 입고 내 방으로 나를 찾아온다. 그리고 이불을 들치고 내 귀에는 영 생동생동한 몇 마디 말로 나를 위로하려 든다. 나는 조소도 고소도 홍소도 아닌 웃음을 얼굴에 띠고 아내의 아름다운 얼굴을 쳐다본다. 아내는 방그레 웃는다. 그러나 그 얼굴에 떠도는 일말의 애수를 나는 놓치지 않는다.

아내는 능히 내가 배고파하는 것을 눈치챌 것이다. 그러나 아랫방에서 먹고 남은 음식을 나에게 주려 들지는 않는다. 그것은 어디까지든지 나를 존경하는 마음일 것임에 틀림없다. 나는 배가 고프면서도 적이 마음이 든든한 것을 좋아했다. 아내가 무엇이라고 지껄이고 갔는지 귀에 남아 있을 리가 없다. 다만 내 머리맡에 아내가 놓고 간 은화가 전등불에 흐릿하게 빛나고 있을 뿐이다.

고 금고형 벙어리 속에 고 은화가 얼마큼이나 모였을까. 나는 그러나 그것을 쳐들어 보지 않았다. 그저 아무런 의욕도 기원도 없이 그 단춧구멍처럼 생긴 틈사구니로 은화를 들어 트려 둘 뿐이었다.

왜 아내의 내객들이 아내에게 돈을 놓고 가나 하는 것이 풀 수 없는 의문인 것같이 왜 아내는 나에게 돈을 놓고 가나 하는 것도 역시 나에게는 똑같이 풀 수 없는 의문이었다. 내 비록 아내가 내게 돈을 놓고 가는 것이 싫지 않

○   44

왔다 하더라도 그것은 다만 고것이 내 손가락에 닿는 순간에서부터 고 벙어리 주둥이에서 자취를 감추기까지의 하잘것없는 짧은 촉각이 좋았달 뿐이지 그 이상 아무 기쁨도 없다.

어느 날 나는 고 벙어리를 변소에 갖다 넣어버렸다. 그때 벙어리 속에는 몇 푼이나 되는지는 모르겠으나 고 은화들이 꽤 들어 있었다.

나는 내가 지구 위에 살며 내가 이렇게 살고 있는 지구가 질풍신뢰의 속력으로 광대무변의 공간을 달리고 있다는 것을 생각했을 때 참 허망하였다. 나는 이렇게 부지런한 지구 위에서는 현기증도 날 것 같고 해서 한시바삐 내려버리고 싶었다.

이불 속에서 이런 생각을 하고 난 뒤에는 나는 고 은화를 고 벙어리에 넣고 넣고 하는 것조차가 귀찮아졌다. 나는 아내가 손수 벙어리를 사용하였으면 하고 희망하였다. 벙어리도 돈도 사실에는 아내에게만 필요한 것이지 내게는 애초부터 의미가 전연 없는 것이었으니까 될 수만 있으면 그 벙어리를 아내는 아내 방으로 가져갔으면 하고 기다렸다. 그러나 아내는 가져가지 않는다. 나는 내 아내 방으로 가져다 둘까 하고 생각하여보았으나 그즈음에는 아내의 내객이 원체 많아서 내가 아내 방에 가볼 기회가 도무지 없었다. 그래서 나는 하는 수 없이 변소에 갖다 집어넣어 버리고 만 것이다.

나는 서글픈 마음으로 아내의 꾸지람을 기다렸다. 그러나 아내는 끝내 아무 말도 나에게 묻지도 하지도 않았다. 않았을 뿐 아니라 여전히 돈은 돈대로 내 머리맡에 놓고 가지 않나? 내 머리맡에는 어느덧 은화가 꽤 많이 모였다.

내객이 아내에게 돈을 놓고 가는 것이나 아내가 내게 돈을 놓고 가는 것이나 일종의 쾌감—그 외의 다른 아무런 이유도 없는 것이 아닐까 하는 것을 나는 또 이불 속에서 연구하기 시작하였다. 쾌감이라면 어떤 종류의 쾌감일까를 계속하여 연구하였다. 그러나 그것은 이불 속의 연구로는 알 길이 없었다. 쾌감 쾌감, 하고 나는 뜻밖에도 이 문제에 대해서만 흥미를 느꼈다.

아내는 물론 나를 늘 감금하여두다시피 하여왔다. 내게 불평이 있을 리 없다. 그런 중에도 나는 그 쾌감이라는 것의 유무를 체험하고 싶었다.

나는 아내의 밤 외출 틈을 타서 밖으로 나왔다. 나는 거리에서 잊어버리지 않고 가지고 나온 은화를 지폐로 바꾼다. 오 원이나 된다. 그것을 주머니에 넣고 나는 목적을 잃어버리기 위하여 얼마든지 거리를 쏘다녔다. 오래간만에 보는 거리는 거의 경이에 가까울 만치 내 신경을 흥분시키지 않고는 마지않았다. 나는 금시에 피곤하여 버렸다. 그러나 나는 참았다. 그리고 밤이 이슥하도록 까닭을 잊어버린 채 이 거리 저 거리로 지향 없이 헤매었다. 돈은 물론

한 푼도 쓰지 않았다. 돈을 쓸 아무 엄두도 나서지 않았다. 나는 벌써 돈을 쓰는 기능을 완전히 상실한 것 같았다.

나는 과연 피로를 이 이상 견디기가 어려웠다. 나는 가까스로 내 집을 찾았다. 나는 내 방으로 가려면 아내 방을 통과하지 아니하면 안 될 것을 알고 아내에게 내객이 있나 없나를 걱정하면서 미닫이 앞에서 좀 거북살스럽게 기침을 한번 했더니 이것은 참 또 너무 암상스럽게 미닫이가 열리면서 아내의 얼굴과 그 등 뒤에 낯선 남자의 얼굴이 이쪽을 내다보는 것이다. 나는 별안간 내어 쏟아지는 불빛에 눈이 부셔서 좀 머뭇머뭇했다.

나는 아내의 눈초리를 못 본 것은 아니다. 그러나 나는 모른 체하는 수밖에 없었다. 왜? 나는 어쨌든 아내의 방을 통과하지 아니하면 안 되니까…….

나는 이불을 뒤집어썼다. 무엇보다도 다리가 아파서 견딜 수가 없었다. 이불 속에서는 가슴이 울렁거리면서 암만해도 까무러칠 것만 같았다. 걸을 때는 몰랐더니 숨이 차다. 등에 식은땀이 쭉 내밴다. 나는 외출한 것을 후회하였다. 이런 피로를 잊고 어서 잠이 들었으면 좋았다. 한잠 잘― 자고 싶었다.

얼마 동안이나 비스듬히 엎드려 있었더니 차츰차츰 뚝딱거리는 가슴 동기動氣가 가라앉는다. 그만해도 위선 살 것 같았다. 나는 몸을 돌쳐 반듯이 천장을 향하여 눕고 쭉― 다리를 뻗었다.

그러나 나는 또다시 가슴의 동기를 피할 수 없게 되었

다. 아랫방에서 아내와 그 남자의 내 귀에도 들리지 않을 만치 옅은 목소리로 소곤거리는 기척이 장지 틈으로 전하여왔던 것이다. 청각을 더 예민하게 하기 위하여 나는 눈을 떴다. 그리고 숨을 죽였다. 그러나 그때는 벌써 아내와 남자는 앉았던 자리를 툭툭 털며 일어섰고 일어서면서 옷과 모자 쓰는 기척이 나는 듯하더니 이어 미닫이가 열리고 구두 뒤축 소리가 나고 그리고 뜰에 내려서는 소리가 쿵 하고 나면서 뒤를 따르는 아내의 고무신 소리가 두어 발자국 찍찍 나고 사뿐사뿐 나나 하는 사이에 두 사람의 발소리가 대문간 쪽으로 사라졌다.

나는 아내의 이런 태도를 본 일이 없다. 아내는 어떤 사람과도 결코 소곤거리는 법이 없다. 나는 윗방에서 이불을 쓰고 누웠는 동안에도 혹 술이 취해서 혀가 잘 돌아가지 않는 내객들의 담화는 더러 놓치는 수가 있어도 아내의 높지도 얕지도 않은 말소리는 일찍이 한 마디도 놓쳐본 일이 없다. 더러 내 귀에 거슬리는 소리가 있어도 나는 그것이 태연한 목소리로 내 귀에 들렸다는 이유로 충분히 안심이 되었다.

그렇던 아내의 이런 태도는 필시 그 속에 여간하지 않은 사정이 있는 듯싶이 생각이 되고 내 마음은 좀 서운했으나 그러나 그보다도 나는 좀 너무 피곤해서 오늘만은 이불 속에서 아무것도 연구치 않기로 굳게 결심하고 잠을 기다렸다. 잠은 좀처럼 오지 않았다. 대문간에 나간 아내도 좀처럼 들어오지 않았다. 그러는 동안에 흐지부지 나는 잠

○

이 들어버렸다. 꿈이 얼쑹덜쑹 종을 잡을 수 없는 거리의 풍경을 여전히 헤매었다.

나는 몹시 흔들렸다. 내객을 보내고 들어온 아내가 잠든 나를 잡아 흔드는 것이다. 나는 눈을 번쩍 뜨고 아내의 얼굴을 쳐다보았다. 아내의 얼굴에는 웃음이 없다. 나는 좀 눈을 비비고 아내의 얼굴을 자세히 보았다. 노기가 눈초리에 떠서 얇은 입술이 바르르 떨린다. 좀처럼 이 노기가 풀리기는 어려울 것 같았다. 나는 그대로 눈을 감아버렸다. 벼락이 내리기를 기다린 것이다. 그러나 쌔근 하는 숨소리가 나면서 푸시시 아내의 치맛자락 소리가 나고 장지가 여닫히며 아내는 아내 방으로 돌아갔다. 나는 다시 몸을 돌쳐 이불을 뒤집어쓰고는 개구리처럼 엎드리고, 엎드려서 배가 고픈 가운데에도 오늘 밤의 외출을 또 한 번 후회하였다.

나는 이불 속에서 아내에게 사죄하였다. 그것은 네 오해라고…….

나는 사실 밤이 퍽이나 이슥한 줄만 알았던 것이다. 그것이 네 말마따나 자정 전인 줄은 나는 정말이지 꿈에도 몰랐다. 나는 너무 피곤하였었다. 오래간만에 나는 너무 많이 걸은 것이 잘못이다. 내 잘못이라면 잘못은 그것밖에는 없다. 외출은 왜 하였더냐고?

나는 그 머리맡에 저절로 모인 오 원 돈을 아무에게라

도 좋으니 주어보고 싶었던 것이다. 그뿐이다. 그러나 그것도 내 잘못이라면 나는 그렇게 알겠다. 나는 후회하고 있지 않나?

내가 그 오 원 돈을 써버릴 수가 있었던들 나는 자정 안에 집에 돌아올 수 없었을 것이다. 그러나 거리는 너무 복잡하였고 사람은 너무도 들끓었다. 나는 어느 사람을 붙들고 그 오 원 돈을 내어주어야 할지 갈피를 잡을 수가 없었다. 그러는 동안에 나는 여지없이 피곤해 버리고 말았던 것이다.

나는 무엇보다도 좀 쉬고 싶었다. 눕고 싶었다. 그래서 나는 하는 수 없이 집으로 돌아온 것이다. 내 짐작 같아서는 밤이 어지간히 늦은 줄만 알았는데 그것이 불행히도 자정 전이었다는 것은 참 안된 일이다. 미안한 일이다. 나는 얼마든지 사죄하여도 좋다. 그러나 종시 아내의 오해를 풀지 못하였다 하면 내가 이렇게까지 사죄하는 보람은 그럼 어디 있나? 한심하였다.

한 시간 동안을 나는 이렇게 초조하게 굴지 않으면 안 되었다. 나는 이불을 획 젖혀버리고 일어나서 장지를 열고 아내 방으로 비칠비칠 달려갔던 것이다. 내게는 거의 의식이라는 것이 없었다. 나는 아내 이불 위에 엎드러지면서 바지 포켓 속에서 그 돈 오 원을 꺼내 아내 손에 쥐여준 것을 간신히 기억할 뿐이다.

이튿날 잠이 깨었을 때 나는 내 아내 방 아내 이불 속에 있었다. 이것이 이 33번지에서 살기 시작한 이래 내가 아내 방에서 잔 맨 처음이었다.

해가 들창에 훨씬 높았는데 아내는 이미 외출하고 벌써 내 곁에 있지는 않다. 아니! 아내는 엊저녁 내가 의식을 잃은 동안에 외출한 것인지도 모른다. 그러나 나는 그런 것을 조사하고 싶지 않았다. 다만 전신이 찌뿌드드한 것이 손가락 하나 꼼짝할 힘조차 없었다. 책보보다 좀 적은 면적의 볕이 눈이 부시다. 그 속에서 수없는 먼지가 흡사 미생물처럼 난무한다. 코가 칵 막히는 것 같다. 나는 다시 눈을 감고 이불을 푹 뒤집어쓰고 낮잠을 자기에 착수하였다. 그러나 코를 스치는 아내의 체취는 꽤 도발적이었다. 나는 몸을 여러 번 여러 번 비비 꼬면서 아내의 화장대에 늘어선 고 가지각색 화장품 병들과 고 병들이 마개를 뽑았을 때 풍기던 내음새를 더듬느라고 좀처럼 잠은 들지 않는 것을 나는 어찌하는 수도 없었다.

견디다 못하여 나는 그만 이불을 걷어차고 벌떡 일어나서 내 방으로 갔다. 내 방에는 다 식어 빠진 내 끼니가 가지런히 놓여 있는 것이다. 아내는 내 모이를 여기다 주고 나간 것이다. 나는 위선 배가 고팠다. 한 숟갈을 입에 떠 넣었을 때 그 촉감은 참 너무도 냉회와 같이 써늘하였다. 나는 숟갈을 놓고 내 이불 속으로 들어갔다. 하룻밤을 비워 버린 내 이부자리는 여전히 반갑게 나를 맞아준다. 나는 내 이불을 뒤집어쓰고 이번에는 참 늘어지게 한잠 잤다. 잘—

내가 잠을 깬 것은 전등이 켜진 뒤다. 그러나 아내는 아직도 돌아오지 않았나 보다. 아니! 들어왔다 또 나갔는지도 알 수 없다. 그러나 그런 것을 삼고 하여 무엇하나?

정신이 한결 난다. 나는 지난밤 일을 생각해보았다. 그 돈 오 원을 아내 손에 쥐여주고 넘어졌을 때에 느낄 수 있었던 쾌감을 나는 무엇이라고 설명할 수가 없었다. 그러나 내객들이 내 아내에게 돈 놓고 가는 심리며 내 아내가 내게 돈 놓고 가는 심리의 비밀을 나는 알아낸 것 같아서 여간 즐거운 것이 아니다. 나는 속으로 빙그레 웃어보았다. 이런 것을 모르고 오늘까지 지내온 내 자신이 어떻게 우스꽝스러워 보이는지 몰랐다. 나는 어깨춤이 났다.

따라서 나는 또 오늘 밤에도 외출하고 싶었다. 그러나 돈이 없다. 나는 엊저녁에 그 돈 오 원을 한꺼번에 아내에게 주어버린 것을 후회하였다. 또 고 벙어리를 변소에 갖다 처넣어버린 것도 후회하였다. 나는 실없이 실망하면서 습관처럼 그 돈 오 원이 들어 있던 내 바지 포켓에 손을 넣어 한번 휘 둘러보았다. 뜻밖에도 내 손에 쥐어지는 것이 있었다. 이 원밖에 없다. 그러나 많아야 맛은 아니다. 얼마간이고 있으면 된다. 나는 그만한 것이 여간 고마운 것이 아니었다.

나는 기운을 얻었다. 나는 그 단벌 다 떨어진 코르덴 양복을 걸치고 배고픈 것도 주제 사나운 것도 다 잊어버리고 활갯짓을 하면서 또 거리로 나섰다. 나서면서 나는 제발 시간이 화살 닫듯 해서 자정이 어서 퍽 지나버렸으면 하고 조바심을 태웠다. 아내에게 돈을 주고 아내 방에서 자보는 것은 어디까지든지 좋았지만 만일 잘못해서 자정 전에 집에 들어갔다가 아내의 눈총을 맞는 것은 그것은 여간 무서운 일이 아니었다. 나는 저물도록 길가 시계를 들여다보고 들여다보고 하면서 또 지향 없이 거리를 방황하였다. 그러나 이날은 좀처럼 피곤하지는 않았다. 다만 시간이 좀 너무더디게 가는 것만 같아서 안타까웠다.

경성역 시계가 확실히 자정이 지난 깃을 본 뒤에 나는 집을 향하였다. 그날은 그 일각대문에서 아내와 아내의 남자가 이야기하고 섰는 것을 만났다. 나는 모른 체하고 두 사람 곁을 지나서 내 방으로 들어갔다. 뒤이어 아내도 들어왔다. 와서는 이 밤중에 평생 안 하던 쓰레질을 하는 것이다. 조금 있다가 아내가 눕는 기척을 엿듣자마자 나는 또 장지를 열고 아내 방으로 가서 그 돈 이 원을 아내 손에 덥석 쥐여주고 그리고—하여간 그 이 원을 오늘 밤에도 쓰지 않고 도로 가져온 것이 참 이상하다는 듯이 아내는 내 얼굴을 몇 번이고 엿보고—아내는 드디어 아무 말도 없이 나를 자기 방에 재워주었다. 나는 이 기쁨을 세상의 무엇과도 바꾸고 싶지는 않았다. 나는 편히 잘 잤다.

이튿날도 내가 잠이 깨었을 때는 아내는 보이지 않았다. 나는 또 내 방으로 가서 피곤한 몸이 낮잠을 잤다.

내가 아내에게 흔들려 깨었을 때는 역시 불이 들어온 뒤였다. 아내는 자기 방으로 나를 오라는 것이다. 이런 일은 또 처음이다. 아내는 끊임없이 얼굴에 미소를 띠고 내 팔을 이끄는 것이다. 나는 이런 아내의 태도 이면에 엔간치 않은 음모가 숨어 있지나 않은가 하고 적이 불안을 느끼지 않을 수 없었다.

나는 아내의 하자는 대로 아내 방으로 끌려갔다. 아내 방에는 저녁 밥상이 조촐하게 차려져 있는 것이다. 생각하여보면 나는 이틀을 굶었다. 나는 지금 배고픈 것까지도 긴가민가 잊어버리고 어름어름하던 차다.

나는 생각하였다. 이 최후의 만찬을 먹고 나자마자 벼락이 내려도 나는 차라리 후회하지 않을 것을. 사실 나는 인간 세상이 너무나 심심해서 못 견디겠던 차다. 모든 일이 성가시고 귀찮았으나 그러나 불의의 재난이라는 것은 즐겁다.

나는 마음을 턱 놓고 조용히 아내와 마주 이 해괴한 저녁밥을 먹었다. 우리 부부는 이야기하는 법이 없었다. 밥을 먹은 뒤에도 나는 말이 없이 그냥 부스스 일어나서 내 방으로 건너가 버렸다. 아내는 나를 붙잡지 않았다. 나는 벽에 기대앉아서 담배를 한 대 피워 물고 그리고 벼락이 떨어질 테거든 어서 떨어져라 하고 기다렸다.

오 분! 십 분!—

그러나 벼락은 내리지 않았다. 긴장이 차츰 늘어지기 시작한다. 나는 어느덧 오늘 밤에도 외출할 것을 생각하고 있었다. 돈이 있었으면 하고 생각하고 있었다.

그러나 돈은 확실히 없다. 오늘은 외출하여도 나중에 올 무슨 기쁨이 있나. 나는 앞이 그냥 아뜩하였다. 나는 화가 나서 이불을 뒤집어쓰고 이리 뒹굴 저리 뒹굴 굴렀다.

금시 먹은 밥이 목으로 자꾸 치밀어 올라온다. 메스꺼웠다.

하늘에서 얼마라도 좋으니 왜 지폐가 소낙비처럼 퍼붓지 않나, 그것이 그저 한없이 야속하고 슬펐다. 나는 이렇게밖에 돈을 구하는 아무런 방법도 알지는 못했다. 나는 이불 속에서 좀 울었나 보다. 돈이 왜 없냐면서……

그랬더니 아내가 또 내 방에를 왔다. 나는 깜짝 놀라 아마 인제서야 벼락이 내리려나 보다 하고 숨을 죽이고 두꺼비 모양으로 엎디어 있었다. 그러나 떨어진 입을 새어 나오는 아내의 말소리는 참 부드러웠다. 정다웠다. 아내는 내가 왜 우는지를 안다는 것이다. 돈이 없어서 그러는 게 아니란다. 나는 실없이 깜짝 놀랐다. 어떻게 저렇게 사람의 속을 환하게 들여다보는구 해서 나는 한편으로 슬그머니 겁도 안 나는 것은 아니었으나 저렇게 말하는 것을 보면 아마 내게 돈을 줄 생각이 있나 보다, 만일 그렇다면 오죽이나 좋은 일일까. 나는 이불 속에 뚤뚤 말린 채 고개도 들지 않고 아내의 다음 거동을 기다리고 있으니까, 엣소— 하고 내 머리맡에 내려뜨리는 것은 그 가뿐한 음향으로 보아 지폐에 틀림없었다. 그리고 내 귀에다 대고 오늘일랑 어제보다도 좀 더 늦게 들어와도 좋다고 속삭이는 것이다. 그것은 어렵지 않다. 위선 그 돈이 무엇보다도 고맙고 반가웠다.

어쨌든 나섰다. 나는 좀 야맹증이다. 그래서 될 수 있는 대로 밝은 거리로 골라서 돌아다니기로 했다. 그러고는 경성역, 일이등 대합실 한 곁 티룸에를 들렀다. 그것은 내게는 큰 발견이었다. 거기는 위선 아무도 아는 사람이 안 온다. 설사 왔다가도 곧들 가니까 좋다. 나는 날마다 여기와서 시간을 보내리라 속으로 생각하여두었다.

제일 여기 시계가 어느 시계보다도 정확하리라는 것이 좋았다. 섣불리 서투른 시계를 보고 그것을 믿고 시간전에 집에 돌아갔다가 큰코를 다쳐서는 안 된다.

나는 한 박스에 아무도 없는 것과 마주 앉아서 잘 끓은 커피를 마셨다. 총총한 가운데 여객들은 그래도 한잔 커피가 즐거운가 보다. 얼른얼른 마시고 무얼 좀 생각하는 것같이 담벼락도 좀 쳐다보고 하다가 곧 나가버린다. 서글프다. 그러나 내게는 이 서글픈 분위기가 거리의 티룸들의 그거추장스러운 분위기보다는 절실하고 마음에 들었다. 이따금 들리는 날카로운 혹은 우렁찬 기적 소리가 모차르트보다도 더 가깝다. 나는 메뉴에 적힌 몇 가지 안 되는 음식이름을 치읽고 내리읽고 여러 번 읽었다. 그것들은 아물아물한 것이 어딘가 내 어렸을 때 동무들 이름과 비슷한 데가 있었다.

거기서 얼마나 내가 오래 앉았는지 정신이 오락가락하는 중에 객이 슬며시 뜸해지면서 이 구석 저 구석 걷어치우기 시작하는 것을 보면 아마 닫을 시간이 된 모양이다. 열한 시가 좀 지났구나, 여기도 결코 내 안주의 곳은 아니구나, 어디 가서 자정을 넘길까, 두루 걱정을 하면서 나는 밖으로 나섰다. 비가 온다. 빗발이 제법 굵은 것이 우비도 우산도 없는 나를 고생을 시킬 작정이다. 그렇다고 이런 괴이한 풍모를 차리고 이 홀에서 어물어물하는 수는 없고 에이 비를 맞으면 맞았지 하고 나는 그냥 나서버렸다.

대단히 선선해서 견딜 수가 없다. 코르덴 옷이 젖기 시작하더니 나중에는 속속들이 스며들면서 처근거린다. 비를 맞아가면서라도 견딜 수 있는 데까지 거리를 돌아다녀서 시간을 보내려 하였으나 인제는 선선해서 이 이상은 더 견딜 수가 없다. 오한이 자꾸 일어나면서 이가 딱딱 맞부딪는다.

나는 걸음을 재우치면서 생각하였다. 오늘 같은 궂은 날도 아내에게 내객이 있을라구. 없겠지 하는 생각이 드는 것이다. 집으로 가야겠다. 아내에게 불행히 내객이 있거든 내 사정을 하리라. 사정을 하면 이렇게 비가 오는 것을 눈으로 보고 알아주겠지.

부리나케 와보니까 그러나 아내에게는 내객이 있었다. 나는 그만 너무 춥고 척척해서 얼떨김에 노크하는 것을 잊었다. 그래서 나는 보면 아내가 좀 덜 좋아할 것을 그만 보았다. 나는 감발 자국 같은 발자국을 내면서 덤벙덤벙 아내 방을 디디고 그리고 내 방으로 가서 쭉 빠진 옷을 활활 벗어버리고 이불을 뒤썼다. 덜덜덜덜 떨린다. 오한이 점점 더 심해 들어온다. 여전 땅이 꺼져 들어가는 것만 같았다. 나는 그만 의식을 잃어버리고 말았다.

이튿날 내가 눈을 떴을 때 아내는 내 머리맡에 앉아서 제법 근심스러운 얼굴이다. 나는 감기가 들었다. 여전히 으스스 춥고 또 골치가 아프고 입에 군침이 도는 것이 쓸쓸

하면서 다리팔이 척 늘어져서 노곤하다.

아내는 내 머리를 쓱 짚어보더니 약을 먹어야 한다.
아내 손이 이마에 선뜻한 것을 보면 신열이 어지간한 모양
인데 약을 먹는다면 해열제를 먹어야지 하고 속생각을 하
자니까 아내는 따뜻한 물에 하얀 정제약 네 개를 준다. 이
것을 먹고 한잠 푹— 자고 나면 괜찮다는 것이다. 나는 널
름 받아먹었다. 쌉싸름한 것이 짐작 같아서는 아마 아스피
린인가 싶다. 나는 다시 이불을 쓰고 단번에 그냥 죽은 것
처럼 잠이 들어버렸다.

나는 콧물을 훌쩍훌쩍하면서 여러 날을 앓았다. 앓는
동안에 끊이지 않고 그 정제약을 먹었다. 그러는 동안에 감
기도 나았다. 그러나 입맛은 여전히 소태처럼 썼다.

나는 차츰 또 외출하고 싶은 생각이 났다. 그러나 아
내는 나더러 외출하지 말라고 이르는 것이다. 이 약을 날
마다 먹고 그리고 가만히 누워 있으라는 것이다. 공연히
외출을 하다가 이렇게 감기가 들어서 저를 고생을 시키는
게 아니냔다. 그도 그렇다. 그럼 외출을 하지 않겠다고 맹
서하고 그 약을 연복하여 몸을 좀 보해보리라고 나는 생각
하였다.

나는 날마다 이불을 뒤집어쓰고 밤이나 낮이나 잤다.
유난스럽게 밤이나 낮이나 졸려서 견딜 수가 없는 것이다.
나는 이렇게 잠이 자꾸만 오는 것은 내가 몸이 훨씬 튼튼
해진 증거라고 굳게 믿었다.

나는 아마 한 달이나 이렇게 지냈나 보다. 내 머리와

수염이 좀 너무 자라서 후틋해서 견딜 수가 없어서 내 거울을 좀 보리라고 아내가 외출한 틈을 타서 나는 아내 방으로 가서 아내의 화장대 앞에 앉아보았다. 상당하다. 수염과 머리가 참 산란하였다. 오늘은 이발을 좀 하리라 생각하고 겸사겸사 고 화장품 병들 마개를 뽑고 이것저것 맡아보았다. 한동안 잊어버렸던 향기 가운데서는 몸이 배배 꼬일 것 같은 체취가 전해 나왔다. 나는 아내의 이름을 속으로만 한번 불러보았다. '연심이' 하고……

오래간만에 돋보기 장난도 하였다. 거울 장난도 하였다. 창에 든 볕이 여간 따뜻한 것이 아니었다. 생각하면 5월이 아니냐.

나는 커다랗게 기지개를 한번 펴보고 아내 베개를 내려 비고 벌떡 자빠져서는 이렇게도 편안하고 즐거운 세월을 하느님께 흠씬 자랑하여주고 싶었다. 나는 참 세상의 아무것과도 교섭을 가지지 않는다. 하느님도 아마 나를 칭찬할 수도 처벌할 수도 없는 것 같다.

그러나 다음 순간 실로 세상에도 이상스러운 것이 눈에 띄었다. 그것은 최면약 아달린 갑이었다. 나는 그것을 아내의 화장대 밑에서 발견하고 그것이 흡사 아스피린처럼 생겼다고 느꼈다. 나는 그것을 열어보았다. 똑 네 개가 비었다.

나는 오늘 아침에 네 개의 아스피린을 먹은 것을 기억하고 있었다. 나는 잤다. 어제도 그제도 _그끄제도_ — 나는 졸려서 견딜 수가 없었다. 나는 감기가 다 나았는데도 아내는 내게 아스피린을 주었다. 내가 잠이 든 동안에 이웃에 불이 난 일이 있다. 그때에도 나는 자느라고 몰랐다. 이렇게 나는 잤다. 나는 아스피린으로 알고 그럼 한 달 동안을 두고 아달린을 먹어온 것이다. 이것은 좀 너무 심하다.

별안간 아뜩하더니 하마터면 나는 까무러칠 뻔하였다. 나는 그 아달린을 주머니에 넣고 집을 나섰다. 그리고 산을 찾아 올라갔다. 인간 세상의 아무것도 보기가 싫었던 것이다. 걸으면서 나는 아무쪼록 아내에 관계되는 일은 일체 생각하지 않도록 노력하였다. 길에서 까무러치기 쉬우니까. 나는 어디라도 양지가 바른 자리를 하나 골라서 자리를 잡아가지고 서서히 아내에 관하여서 연구할 작정이었다. 나는 길가에 돌창, 핀 구경도 못 한 진 개나리꽃, 종달새, 돌멩이도 새끼를 까는 이야기, 이런 것만 생각하였다. 다행히 길가에서 나는 졸도하지 않았다.

거기는 벤치가 있었다. 나는 거기 정좌하고 그리고 그 아스피린과 아달린에 관하여 연구하였다. 그러나 머리가 도무지 혼란하여 생각이 체계를 이루지 않는다. 단 오 분이 못 가서 나는 그만 귀찮은 생각이 버쩍 들면서 심술이 났다. 나는 주머니에서 가지고 온 아달린을 꺼내 남은 여섯 개를 한꺼번에 질겅질겅 씹어 먹어버렸다. 맛이 익살맞다. 그러고 나서 나는 그 벤치 위에 가로 기다랗게 누웠다. 무슨 생각으로 내가 그따위 짓을 했나? 알 수가 없다. 그저 그러고 싶었다. 나는 게서 그냥 깊이 잠이 들었다. 잠결에도 바위틈을 흐르는 물소리가 졸졸 하고 귀에 언제까지나

어렴풋이 들려왔다.

내가 잠을 깨었을 때는 날이 환히 밝은 뒤다. 나는 거기서 일주야를 잔 것이다. 풍경이 그냥 노랗게 보인다. 그 속에서도 나는 번개처럼 아스피린과 아달린이 생각났다.

아스피린, 아달린, 아스피린, 아달린, 마르크스, 맬서스, 마도로스, 아스피린, 아달린.

아내는 한 달 동안 아달린을 아스피린이라고 속이고 내게 먹였다. 그것은 아내 방에서 이 아달린 갑이 발견된 것으로 미루어 증거가 너무나 확실하다.

무슨 목적으로 아내는 나를 밤이나 낮이나 재웠어야 됐나?

나를 밤이나 낮이나 재워놓고 그리고 아내는 내가 자는 동안에 무슨 짓을 했나?

나를 조금씩 조금씩 죽이려던 것일까?

그러나 또 생각하여보면 내가 한 달을 두고 먹어온 것은 아스피린이었는지도 모른다. 아내는 무슨 근심되는 일이 있어서 밤 되면 잠 잘 오지 않아서 정작 아내가 아달린을 사용한 것이나 아닌지. 그렇다면 나는 참 미안하다. 나는 아내에게 이렇게 큰 의혹을 가졌었다는 것이 참 안됐다.

나는 그래서 부리나케 거기서 내려왔다. 아랫도리가 화화 내저이면서 어쩔어쩔한 것을 나는 겨우 집을 향하여 걸었다. 여덟 시 가까이였다.

나는 내 잘못 든 생각을 죄다 일러바치고 아내에게

사죄하려는 것이다. 나는 너무 급해서 그만 또 말을 잊어 버렸다.

그랬더니 이건 참 너무 큰일 났다. 나는 내 눈으로는 절대로 보아서 안 될 것을 그만 딱 보아버리고 만 것이다. 나는 얼떨결에 그만 냉큼 미닫이를 닫고 그리고 현기증이 나는 것을 진정시키느라고 잠깐 고개를 숙이고 눈을 감고 기둥을 짚고 섰자니까 일초 여유도 없이 홱 미닫이가 다시 열리더니 매무새를 풀어헤친 아내가 불쑥 내밀면서 내 멱 살을 잡는 것이다. 나는 그만 어지러워서 게서 그냥 나동그 라졌다. 그랬더니 아내는 넘어진 내 위에 덮치면서 내 살을 함부로 물어뜯는 것이다. 아파 죽겠다. 나는 사실 반항할 의사도 힘도 없어서 그냥 넙적 엎디어 있으면서 어떻게 되나 보고 있자니까 뒤이어 남자가 나오는 것 같더니 아내를 한 아름에 덥석 안아가지고 방안으로 들어가는 것이다. 아내 는 아무 말 없이 다소곳이 그렇게 안겨 들어가는 것이 내 눈에 여간 미운 것이 아니다. 밉다.

아내는 너 밤새워가면서 도적질하러 다니느냐, 계집 질하러 다니느냐고 발악이다. 이것은 참 너무 억울하다. 나 는 어안이 벙벙하여 도무지 입이 떨어지지를 않았다.

너는 그야말로 나를 살해하려던 것이 아니냐고 소리 를 한번 꽥 질러보고도 싶었으나 그런 긴가민가한 소리를 섣불리 입 밖에 내었다가는 무슨 화를 볼는지 알 수 있나. 차라리 억울하지만 잠자코 있는 것이 위선 상책인 듯싶이 생각이 들기에 나는 이것은 또 무슨 생각으로 그랬는지 모르지만 툭툭 털고 일어나서 내 바지 포켓 속에 남은 돈 몇 원 몇십 전을 가만히 꺼내서는 몰래 미닫이를 열고 살며시 문지방 밑에다 놓고 나서는 나는 그냥 줄달음박질을 쳐서 나와버렸다.

여러 번 자동차에 치일 뻔하면서 나는 그래도 경성역을 찾아갔다. 빈자리와 마주 앉아서 이 쓰디쓴 입맛을 거두기 위하여 무엇으로나 입가심을 하고 싶었다.

커피— 좋다. 그러나 경성역 홀에 한 걸음을 들여놓았을 때 나는 내 주머니에는 돈이 한 푼도 없는 것을 그것을 깜빡 잊었던 것을 깨달았다. 또 아뜩하였다. 나는 어디선가 그저 맥없이 머뭇머뭇하면서 어쩔 줄을 모를 뿐이었다. 얼빠진 사람처럼 그저 이리 갔다 저리 갔다 하면서……

나는 어디로 어디로 들입다 쏘다녔는지 하나도 모른다. 다만 몇 시간 후에 내가 미쓰꼬시 옥상에 있는 것을 깨달았을 때는 거의 대낮이었다.

나는 거기 아무 데나 주저앉아서 내 자라온 스물여섯 해를 회고하여보았다. 몽롱한 기억 속에서는 이렇다는 아무 제목도 불거져 나오지 않았다.

나는 또 내 자신에게 물어보았다. 너는 인생에 무슨 욕심이 있느냐고. 그러나 있다고도 없다고도, 그런 대답은 하기가 싫었다. 나는 거의 나 자신의 존재를 인식하기조차도 어려웠다.

허리를 굽혀서 나는 그저 금붕어나 들여다보고 있었다. 금붕어는 참 잘들도 생겼다. 작은놈은 작은놈대로 큰놈은 큰놈대로 다— 싱싱하니 보기 좋았다. 내리비치는 5월 햇살에 금붕어들은 그릇 바탕에 그림자를 내려트렸다. 지느러미는 하늘하늘 손수건을 흔드는 흉내를 낸다. 나는 이 지느러미 수효를 헤어보기도 하면서 굽힌 허리를 좀처럼 펴지 않았다. 등어리가 따뜻하다.

나는 또 희락의 거리를 내려다보았다. 거기서는 피곤한 생활이 똑 금붕어 지느러미처럼 흐늑흐늑 허비적거렸다. 눈에 보이지 않는 끈적끈적한 줄에 엉켜서 헤어나지들을 못한다. 나는 피로와 공복 때문에 무너져 들어가는 몸뚱이를 끌고 그 회탁灰濁의 거리 속으로 섞여 들어가지 않는 수도 없다 생각하였다.

나서서 나는 또 문득 생각하여보았다. 이 발길이 지금 어디로 향하여 가는 것인가를……

그때 내 눈앞에는 아내의 모가지가 벼락처럼 내려 떨어졌다. 아스피린과 아달린.

우리들은 서로 오해하고 있느니라. 설마 아내가 아스피린 대신에 아달린의 정량을 나에게 먹여왔을까? 나는 그것을 믿을 수는 없다. 아내가 대체 그럴 까닭이 없을 것이니.

그러면 나는 날밤을 새우면서 도적질을 계집질을 하였나? 정말이지 아니다.

우리 부부는 숙명적으로 발이 맞지 않는 절름발이인 것이다. 내가 아내나 제 거동에 로직logic을 붙일 필요는 없다. 변해할 필요도 없다. 사실은 사실대로 오해는 오해대로 그저 끝없이 발을 절뚝거리면서 세상을 걸어가면 되는 것이다. 그렇지 않을까?

그러나 나는 이 발길이 아내에게로 돌아가야 옳은가 이것만은 분간하기가 좀 어려웠다. 가야 하나? 그럼 어디로 가나?

이때 뚜― 하고 정오 사이렌이 울었다. 사람들은 모두 네 활개를 펴고 닭처럼 푸드덕거리는 것 같고 온갖 유리와 강철과 대리석과 지폐와 잉크가 부글부글 끓고 수선을 떨고 하는 것 같은 찰나, 그야말로 현란을 극한 정오다.

나는 불현듯이 겨드랑이 가렵다. 아하 그것은 내 인공의 날개가 돋았던 자국이다. 오늘은 없는 이 날개, 머릿속에서는 희망과 야심의 말소된 페이지가 딕셔너리 넘어가듯 번뜩였다.

나는 걷던 걸음을 멈추고 그리고 어디 한번 이렇게 외쳐보고 싶었다.

날개야 다시 돋아라.

날자. 날자. 날자. 한 번만 더 날자꾸나.

한 번만 더 날아보자꾸나.

—《조광》, 1936. 9.

봉별기 逢別記

1

    스물세 살이오—삼월이오—각혈이다. 여섯 달 잘 기른 수염을 하루 면도칼로 다듬어 코밑에 다만 나비만큼 남겨가지고 약 한 제 지어 들고 B라는 신개지 한적한 온천으로 갔다. 게서 나는 죽어도 좋았다.

    그러나 이내 아직 기를 펴지 못한 청춘이 약탕관을 붙들고 늘어져서는 날 살리라고 보채는 것은 어찌하는 수가 없다. 여관 한등 아래 밤이면 나는 늘 억울해했다.

    사흘을 못 참고 기어이 나는 여관 주인 영감을 앞장세워 밤에 장고 소리 나는 집으로 찾아갔다. 게서 만난 것이 금홍이다.

"몇 살인구?"

체대體大가 비록 풋고추만 하나 깡그라진 계집이 제법 맛이 맵다. 열여섯 살? 많아야 열아홉 살이지 하고 있자니까,

"스물한 살이에요."

"그럼 내 나인 몇 살이나 돼 뵈지?"

"글쎄 마흔? 서른아홉?"

나는 그저 흥! 그래버렸다. 그리고 팔짱을 떡 끼고 앉아서는 더욱더욱 점잖은 체했다. 그냥 그날은 무사히 헤어졌건만―

이튿날 화우畵友 K 군이 왔다. 이 사람인즉 나와 농하는 친구다. 나는 어찌는 수 없이 그 나비 같다면서 달고 다니던 코밑수염을 아주 밀어버렸다. 그리고 날이 저물기 급하게 또 금홍이를 만나러 갔다.

"어디서 뵌 어른 겉은데."

"엊저녁에 왔든 수염 난 냥반 내가 바루 아들이지. 목소리꺼지 닮었지?"

하고 익살을 부렸다. 주석이 어느덧 파하고 마당에 내려서다가 K 군의 귀에다 대고 나는 이렇게 속삭였다.

"어때? 괜찮지? 자네 한번 얼러보게."

"관두게, 자네나 얼러보게."

"어쨌든 여관으로 껄구 가서 짱껭뿡을 해서 정허기루 허세나."

"거 좋지."

그랬는데 K 군은 측간에 가는 체하고 피해버렸기 때문에 나는 부전승으로 금홍이를 이겼다. 그날 밤에 금홍이는 금홍이가 경산부라는 것을 감추지 않았다.

"언제?"

"열여섯 살에 머리 얹어서 열일곱 살에 낳았지."

"아들?"

"딸."

"어딨나?"

"돌 만에 죽었어."

지어가지고 온 약은 집어치우고 나는 전혀 금홍이를 사랑하는 데만 골몰했다. 못난 소린 듯하나 사랑의 힘으로 각혈이 다 멈췄으니까―

나는 금홍이에게 노름채를 주지 않았다. 왜? 날마다 밤마다 금홍이가 내 방에 있거나 내가 금홍이 방에 있거나 했기 때문에―

그 대신―

우라는 불란서 유학생의 유야랑遊冶郎을 나는 금홍이에게 권하였다. 금홍이는 내 말대로 우 씨와 더불어 '독탕'에 들어갔다. 이 '독탕'이라는 것은 좀 음란한 설비였다. 나는 이 음란한 설비 문간에 나란히 벗어놓은 우 씨와 금홍이 신발을 보고 언짢아하지 않았다.

나는 또 내 곁방에 와 묵고 있는 C라는 변호사에게도 금홍이를 권하였다. C는 내 열성에 감동되어 하는 수 없이 금홍이 방을 범했다.

그러나 사랑하는 금홍이는 늘 내 곁에 있었다. 그리고 우, C 등등에게서 받은 십 원 지폐를 여러 장 꺼내놓고 어리광 섞어 내게 자랑도 하는 것이었다.

그러자 나는 백부님 소상 때문에 귀경하지 않으면 안 되게 되었다. 복숭아꽃이 만발하고 정자 곁으로 석간수가 졸졸 흐르는 좋은 터전을 한 군데 찾아가서 우리는 석별의 하루를 즐겼다. 정거장에서 나는 금홍이에게 십 원 지폐 한 장을 쥐어주었다. 금홍이는 이것으로 전당 잡힌 시계를 찾겠다고 그러면서 울었다.

2

금홍이가 내 아내가 되었으니까 우리 내외는 참 사랑했다. 서로 지나간 일은 묻지 않기로 하였다. 과거래야 내 과거가 무엇 있을 까닭이 없고 말하자면 내가 금홍이 과거를 묻지 않기로 한 약속이나 다름없다.

금홍이는 겨우 스물한 살인데 서른한 살 먹은 사람보다도 나았다. 서른한 살 먹은 사람보다도 나은 금홍이가 내 눈에는 열일곱 살 먹은 소녀로만 보이고 금홍이 눈에 마흔 살 먹은 사람으로 보인 나는 기실 스물세 살이요 게다가 주책이 좀 없어서 똑 여남은 살 먹은 아이 같다. 우리 내외는 이렇게 세상에도 없이 현란하고 아기자기하였다.

부질없는 세월이—

일 년이 지나고 팔월, 여름으로는 늦고 가을로는 이른 그 북새통에—

금홍이에게는 예전 생활에 대한 향수가 왔다.

나는 밤이나 낮이나 누워 잠만 자니까 금홍이에게 대하여 심심하다. 그래서 금홍이는 밖에 나가 심심치 않은 사람들을 만나 심심치 않게 놀고 돌아오는—

즉 금홍이의 협착한 생활이 금홍이의 향수를 향하여 발전하고 비약하기 시작하였다는 데 지나지 않는 이야기다.

그런데 이번에는 내게 자랑을 하지 않는다. 않을 뿐만 아니라 숨기는 것이다.

이것은 금홍이로서 금홍이답지 않은 일일밖에 없다. 숨길 것이 있나? 숨기지 않아도 좋지. 자랑을 해도 좋지.

나는 아무 말도 하지 않는다. 나는 금홍이 오락의 편의를 돕기 위하여 가끔 P 군 집에 가 잤다. P 군은 나를 불쌍하다고 그랬던가 싶이 지금 기억된다.

나는 또 이런 것을 생각하지 않았던 것도 아니다. 즉 남의 아내라는 것은 정조를 지켜야 하느니라고!

금홍이는 나를 내 나태한 생활에서 깨우치게 하기 위하여 우정 간음하였다고 나는 호의로 해석하고 싶다. 그러나 세상에 흔히 있는 아내다운 예의를 지키는 체해본 것은 금홍이로서 말하자면 천려의 일실千慮一失이 아닐 수 없다.

이런 실없는 정조를 간판 삼자니까 자연 나는 외출이 잦았고 금홍이 사업에 편의를 돕기 위하여 내 방까지도 개

방하여주었다. 그러는 중에도 세월은 흐르는 법이다.

하루 나는 제목 없이 금홍이에게 몹시 얻어맞았다. 나는 아파서 울고 나가서 사흘을 들어오지 못했다. 너무도 금홍이가 무서웠다.

나흘 만에 와보니까 금홍이는 때 묻은 버선을 윗목에다 벗어놓고 나가버린 뒤였다.

이렇게도 못나게 홀아비가 된 내게 몇 사람의 친구가 금홍이에 관한 불미한 가십을 가지고 와서 나를 위로하는 것이었으나 종시 나는 그런 취미를 이해할 도리가 없었다.

버스를 타고 금홍이와 남자는 멀리 과천 관악산으로 가는 것을 보았다는데 정말 그렇다면 그 사람은 내가 쫓아가서 야단이나 칠까 봐 무서워서 그런 모양이니까 퍽 겁쟁이다.

3

인간이라는 것은 임시 거부하기로 한 내 생활이 기억력이라는 민첩한 작용을 하지 않았기 때문에 두 달 후에는 나는 금홍이라는 성명 삼 자까지도 말쑥하게 잊어버리고 말았다. 그런 두절된 세월 가운데 하루 길일을 복하여 금홍이가 왕복 엽서처럼 돌아왔다. 나는 그만 깜짝 놀랐다.

금홍이의 모양은 뜻밖에도 초췌하여 보이는 것이 참

슬펐다. 나는 꾸짖지 않고 맥주와 붕어과자와 장국밥을 사 먹여가면서 금홍이를 위로해주었다. 그러나 금홍이는 좀처럼 화를 풀지 않고 울면서 나를 원망하는 것이었다. 할 수 없어서 나도 그만 울어버렸다.

"그렇지만 너무 늦었다. 그만해두 두 달 지간이나 되니 않니? 헤어지자, 응?"

"그럼 난 어떻게 되우, 응?"

"마땅헌 데 있거든 가거라, 응."

"당신두 그럼 장가가나? 응?"

헤어지는 한에도 위로해 보낼지어다. 나는 이런 양식 아래 금홍이와 이별했더니라. 갈 때 금홍이는 선물로 내게 베개를 주고 갔다.

그런데 이 베개 말이다.

이 베개는 이인용이다. 싫대도 자꾸 떠맡기고 간 이 베개를 나는 두 주일 동안 혼자 베어보았다. 너무 길어서 안 됐다. 안 됐을 뿐 아니라 내 머리에서는 나지 않는 묘한 머리 기름때 내 때문에 안면安眠이 적이 방해된다.

나는 하루 금홍이에게 엽서를 띄웠다.

'중병에 걸려 누웠으니 얼른 오라'고.

금홍이는 와서 보니까 내가 참 딱했다. 이대로 두었다가는 역시 며칠이 못 가서 굶어 죽을 것같이만 보였던가 보다. 두 팔을 부르걷고 그날부터 나서 벌어다가 나를 먹여 살린다는 것이다.

"오케―"

인간 천국―그러나 날이 좀 추웠다. 그러나 나는 대단히 안일하였기 때문에 재채기도 하지 않았다.

이러기를 두 달? 아니 다섯 달이나 되나 보다. 금홍이는 홀연히 외출했다.

달포를 두고 금홍이 홈시크를 기대하다가 진력이 나서 나는 기명집물器皿什物을 뚜들겨 팔아버리고 이십일 년만에 '집'으로 돌아갔다.

와보니 우리 집은 노쇠했다. 이어 불초 이상은 이 노쇠한 가정을 아주 쑥밭을 만들어버렸다. 그동안 이태가량―

어언간 나도 노쇠해버렸다. 나는 스물일곱 살이나 먹어버렸다.

천하의 여성은 다소간 매춘부의 요소를 품었느니라고 나 혼자는 군이 신념한다. 그 대신 내가 매춘부에게 은화를 지불하면서는 한 번도 그네들을 매춘부라고 생각한 일이 없다. 이것은 내 금홍이와의 생활에서 얻은 체험만으로는 성립되지 않는 이론같이 생각되나 기실 내 진담이다.

4

나는 몇 편의 소설과 몇 줄의 시를 써서 내 쇠망해가는 심신 위에 치욕을 배가하였다. 이이상 내가 이 땅에서의 생존을 계속하기가 자못 어려울 지경에까지 이르렀다. 나는 하여간 허울 좋게 말하자면 망명해야겠다.

어디로 갈까. 나는 만나는 사람마다 동경으로 가겠다고 호언했다. 그뿐 아니라 어느 친구에게는 전기 기술에 관한 전문 공부를 하러 간다는 둥 학교 선생님을 만나서는 고급 단식 인쇄술을 연구하겠다는 둥 친한 친구에게는 내 오개 국어에 능통할 작정일세 어쩌구 심하면 법률을 배우겠소까지 허담을 탕탕 하는 것이다. 웬만한 친구는 보통들 속나 보다. 그러나 이 헛선전을 안 믿는 사람도 더러는 있다. 하여간 이것은 영영 빈털터리가 되어버린 이상의 마지막 공포에 지나지 않는 것만은 사실이겠다.

어느 날 나는 이렇게 여전히 공포를 놓으면서 친구들과 술을 먹고 있자니까 내 어깨를 툭 치는 사람이 있다. '긴상'이라는 이다.

"긴상(이상도 사실은 긴상이다), 참 오래감만이수. 건데 긴상 꼭 긴상 함번 맞나 뵙자는 사람이 하나 있는데 긴상 어떡허시려우."

"거 누군구. 남자야? 여자야?"

"여자니까 일이 재미있지 않으냐 거런 말야."

"여자라?"

"긴상 옛날 옥상."

금홍이가 서울에 나타났다는 이야기다. 나타났으면 나타났지 나를 왜 찾누?

나는 긴상에게서 금홍이의 숙소를 알아가지고 어쩔

것인가 망설였다. 숙소는 동생 일심이 집이다.

드디어 나는 만나보기로 결심하고 그리고 일심이 집을 찾아가서,

"언니가 왔다지?"

"어유— 아제두, 돌아가신 줄 알았구려! 그래 자그만치 인제 온단 말씀유, 어서 들오수."

금홍이는 역시 초췌하다. 생활 전선에서의 피로의 빛이 그 얼굴에 여실하였다.

"네놈 하나 보구져서 서울 왔지 내 서울 뭘 허려 왔다디?"

"그리게 또 난 이렇게 널 찾아오지 않았니?"

"너 장가갔다드구나."

"얘 딛기 싫다. 그 육모초 겉은 소리."

"안 갔단 말이냐 그럼."

"그럼."

당장에 목침이 내 면상을 향하여 날아 들어왔다. 나는 예나 다름없이 못나게 웃어주었다.

술상을 보았다. 나도 한잔 먹고 금홍이도 한잔 먹었다. 나는 〈영변가〉를 한마디 하고 금홍이는 〈육자배기〉를 한마디 했다.

밤은 이미 깊었고 우리 이야기는 이게 이생에서의 영이별이라는 결론으로 밀려갔다. 금홍이는 은수저로 소반전을 딱딱 치면서 내가 한 번도 들은 일이 없는 구슬픈 창가를 한다.

"속아도 꿈결 속여도 꿈결 굽이굽이 뜨내기 세상 그 늘진 심정에 불 질러버려라 운운."

—《여성》, 1936. 12.

동해童骸

촉각

촉각이 이런 정경을 도해圖解한다.

유구한 세월에서 눈뜨니 보자, 나는 교외 정건淨乾한 한 방에 누워 자급자족하고 있다. 눈을 들어 방을 살피면 방은 추억처럼 착석한다. 또 창이 어둑어둑하다.

불원간 나는 군이 지킬 한 개 슈트케이스를 발견하고 놀라야 한다. 계속하여 그 슈트케이스 곁에 화초처럼 놓여 있는 한 젊은 여인도 발견한다.

나는 실없이 의아하기도 해서 좀 쳐다보면 각시가 방긋이 웃는 것이 아니냐. 하하, 이것은 기억에 있다. 내가 열

심으로 연구한다. 누가 저 새악시를 사랑하던가! 연구 중
에는,

"저게 새벽일까? 그럼 저묾일까?"

부러 이런 소리를 했다. 여인은 고개를 <u>끄덕끄덕</u>한다.
하더니 또 방긋이 웃고 부스스 오월 철에 맞는 치마저고리
소리를 내면서 슈트케이스를 열고 그 속에서 서슬이 퍼런
칼을 한 자루만 꺼낸다.

이런 경우에 내가 놀라는 빛을 보이거나 했다가는 뒷
갈망하기가 좀 어렵다. 반사적으로 그냥 손이 목을 눌렀다
놓았다 하면서 제법 천연스럽게,

"임재는 자객입니까요?"

서투른 서도 사투리다. 얼굴이 더 깨끗해지면서 가느
다랗게 잠시 웃더니, 그것은 또 언제 갖다 놓았던 것인지
내 머리맡에서 나쓰미깡なずみかん. 여름귤을 집어다가 그 칼로
싸각싸각 깎는다.

"요곳 봐라!"

내 입안으로 침이 쫘르르 돌더니 불현듯이 농담이 하
고 싶어 죽겠다.

"가시내애요, 날 쫌 보이소, 나캉 결혼할낭기오? 맹서
되나? 되제?"

또—

"융이 날로 패아주뭉 내사 고마 마자 주을란다. 그람
늬능 우앨랑가? 잉?"

우리 둘이 맛있게 먹었다. 시간은 분명히 밤이 쏟아져

들어온다. 손으로 손을 잡고,

"밤이 오지 않고는 결혼할 수 없으니까."

이렇게 탄식한다. 기대하지 않은 간지러운 경험이다.

낄낄낄낄 웃었으면 좋겠는데― 아― 결혼하면 무엇하나, 나 따위가 생각해서 알 일이 되나? 그러나 재미있는 일이로다.

"밤이지요?"

"아―냐."

"왜― 밤인데― 에― 우숩다― 밤인데 그러네."

"아―냐, 아―냐."

"그러지 마세요, 밤이에요."

"그럼 뭐, 결혼해야 허게."

"그럼요―."

"히히히히―."

결혼하면 나는 임이를 미워한다. 윤? 임이는 지금 윤한테서 오는 길이다. 윤이 내어대었단다. 그래보는 거다. 그런데 임이가 채 오해했다. 정말 그러는 줄 알고 울고 왔다.

(애개― 밤일세.)

"어떡허구 왔누."

"건 알아 뭐허세요?"

"그래두."

"제가 버리구 왔세요."

"족히?"

"그럼요―."

"히히."

"절 모욕허지 마세요."

"그래라."

일어나더니—나는 지금 이러한 임이를 좀 묘사해야겠는데, 최소한도로 그 차림차림이라도 알아두어야겠는데— 임이 슈트케이스를 뒤집어엎는다. 왜 저러누— 하면서 보자니까 야단이다. 죄다 파헤치고 무엇인지 찾는 모양인데 무엇을 찾는지 알아야 나도 조력을 하지, 저렇게 방정만 떠니 낸들 손을 댈 수가 있나, 내버려 두었다가도 참다 참다 못해서,

"거 뭘 찾누?"

"엉— 엉— 반지— 엉— 엉—."

"원 세상에, 반진 또 무슨 반진구."

"결혼반지지."

"옳아, 옳아, 옳아, 응, 결혼반지렷다."

"아이구 어딜 갔누, 요게, 어딜 갔을까."

결혼반지를 잊어버리고 온 신부라는 것이 있을까? 가소롭다.

그러나 모르는 말이다라는 것이 반지는 신랑이 준비하라는 것인데— 그래서 아주 아는 척하고,

"그건 내 슈트케이스에 들어 있는 게 원칙적으로 옳지!"

"슈트케이스 어딨에요?"

"없지!"

○

"쯧, 쯧."

나는 신부 손을 붙잡고,

"이리 좀 와봐."

"아야, 아야, 아이, 그러지 마세요, 노세요."

하는 것을 잘 달래서 왼손 무명지에다 털붓으로 쌍줄 반지를 그려주었다. 좋아한다. 아무것도 낑기운 것은 아닌데 제법 간질간질한 게 천연 반지 같단다.

전연 결혼하기 싫다. 트집을 잡아야겠기에ㅡ

"몇 번?"

"한 번."

"정말?"

"꼭."

이래도 안 되겠고 간발을 놓지 말고 다른 방법으로 고문을 하는 수밖에 없다.

"그럼 윤 이외에?"

"하나."

"예이!"

"정말 하나예요."

"말 마라."

"둘."

"잘헌다."

"셋."

"잘헌다, 잘헌다."

"넷."

"잘헌다, 잘헌다, 잘헌다."

"다섯."

속았다. 속아 넘어갔다. 밤은 왔다. 촛불을 켰다. 껐다. 즉 이런 가짜 반지는 탄로가 나기 쉬우니까 감춰야 하겠기에 꺼도 얼른 켰다. 밤이 오래 걸려서 밤이었다.

패배 시작

이런 정경은 어떨까? 내가 이발소에서 이발을 하는 중에—

이발사는 낯익은 칼을 들고 내 수염 많이 난 턱을 치켜든다.

"임재는 자객입니까."

하고 싶지만 이런 소리를 여기 이발사를 보고도 막 한다는 것은 어쩐지 아내라는 존재를 시인하기 시작한 나로서 좀 양심에 안된 일이 아닐까 한다.

싹둑, 싹둑, 싹둑, 싹둑,

나쓰미깡 두 개 외에는 또 무엇이 채용이 되었던가. 암만해도 생각이 나지 않는다. 무엇일까.

그러다가 유구한 세월에서 쫓겨나듯이 눈을 뜨면, 거기는 이발소도 아무 데도 아니고 신방이다. 나는 엊저녁에 결혼했단다.

창으로 기웃거리면서 참새가 그렇게 의젓스럽게 싹

둑거리는 것이다. 내 수염은 조금도 없어지진 않았고.

그러나 큰일 난 것이 하나 있다. 즉 내 곁에 누워서 보통 아침잠을 자고 있어야 할 신부가 온데간데가 없다. 하하, 그럼 아까 내가 이발소 걸상에 누워 있던 것이 그쪽이 아마 생시더구나, 하다가도 또 이렇게까지 역력한 꿈이라는 것도 없을 줄 믿고 싶다.

속았나 보다. 밑진 것은 없다고 하지만 그동안에 원 세월은 얼마나 유구하게 흘렀을까. 그렇게 생각을 하고 보니까 어저께 만난 윤이 만난 지가 바로 몇 해나 되는 것도 같아서 익살맞다. 이것은 한번 윤을 찾아가서 물어보아야 알 일이 아닐까, 즉 내가 자네를 만난 것이 어제 같은데 실로 몇 해나 된 세음인가, 필시 내가 임이와 엊저녁에 결혼한 것 같은 착각이 있는데 그것도 다 허망된 일이렷다. 이렇게─

그러나 다음 순간 일은 더 커졌다. 신부가 홀연히 나타난다. 오월 철로 치면 좀 덥지나 않을까 싶은 양장으로 차렸다. 이런 임이와는 나는 면식이 없는 것이다. 그러나 그뿐인가 단발이다. 혹 이이는 딴 아낙네가 아닌지 모르겠다. 단발 양장의 임이란 내 친근親近에는 없는데, 그럼 이렇게 서슴지 않고 내 방으로 들어올 줄 아는 남이란 나와 어떤 악연일까?

가시내는 손을 툭툭 털더니,

"갖다 버렸지."

이렇다면 임이에는 틀림없나 보니 안심하기로 하고,

"뭘?"

"입구 옹 거."

"입구 옹 거?"

"입고 옹 게 치마조고리지 뭐예요?"

"건 어쩨 내가 버렸다능 거야."

"그게 바로 그거예요."

"그게 그거라니?"

"어이 참, 아, 그게 바로 그거라니까 그래."

초가을 옷이 늦은 봄옷과 비슷하렸다. 임의 말을 가량 신용하기로 하고 임이가 단 한 번 윤에게—

가만있자, 나는 잠시 내 신세에 대해서 석명釋明해야 할 것 같다. 나는 이를테면 적지 아니 참혹하다. 나는 아마 이 숙명적 업원業冤을 짊어지고 한평생을 내리 번민해야 하려나 보다. 나는 형상 없는 모던보이다라는 것이 누구든지 내 꼴을 보면 돌아서고 싶을 것이다. 내가 이래 뵈도 체중이 열네 관이나 있다고 일러드리면 귀하는 알아차리시겠소? 즉 이 척신瘠身이 총알을 집어먹었기로니 좀처럼 나기 어려운 동굴을 보이는 것은 말하자면 나는 전혀 뇌수에 무게가 있다. 이것이 귀하가 나를 겁낼 중요한 비밀이외다.

그러니까—

어차어피에 일은 운명에 파문이 없는 듯이 이렇게까지 전개하고 말았으니 내 목적이라는 것을 피력할 필요도 있는 것 같다. 그러면—

윤, 임이, 그리고 나,

○

누가 제일 미운가, 즉 나는 누구 편이냐는 말이다.

어쩔까. 나는 한 번만 똑똑히 말하고 싶지만 또한 그만두는 것이 옳은가도 싶으니 그럼 내 예의와 풍봉風鋒을 확립해야겠다.

지난가을 아니 늦은 여름 어느 날—그 역사적인 날짜는 임이 잘 기억하고 있을 것이다만—나는 윤의 사무실에서 이른 아침부터 와 앉아 있는 임이의 가련한 좌석을 발견한 것이다. 그러나 그것은 온 것이 아니라 가는 길인데 집의 아버지가 나가 갔다고 야단치실까 봐 무서워서 못 가고 그렇게 앉아 있는 것을 나는 일찌감치도 와 앉았구나 하고 문득 오해한 것이다. 그때 그 옷이다.

같은 슈미즈, 같은 드로어즈, 같은 머리쪽, 한 남자 또한 남자,

이것은 안 된다. 너무나 어색해서 급히 내다 버린 모양인데 나는 좀 엄청나다고 생각한다. 대체 나는 그런 부유한 이데올로기를 마음 놓고 양해하기 어렵다.

그뿐 아니다. 첫째 나의 태도 문제다. 그 시절에 나는 무엇을 하고 세월을 보냈더냐? 내게는 세월조차 없다. 나는 들창이 어둑어둑한 것을 드나드는 안집 어린애에게 일 전씩 주어가면서 물었다.

"애, 아침이냐, 저녁이냐."

나는 또 무엇을 먹고살았는지 생각이 나지 않는다. 이슬을 받아먹었나? 설마.

이런 나에게 임이는 부질없이 체면을 차리려 든 것이

다. 가련하다.

그런데 이상한 것은 그 시절에 나는 제가 배가 고픈지 안 고픈지를 모르고 지냈다면 그것이 듣는 사람을 능히 속일 수 있나. 거짓부렁이리라. 나는 걷잡을 수 없이 피부로 거짓부렁이를 해 버릇하느라고 인제는 저도 눈치채지 못하는 틈을 타서 이렇게 허망한 거짓부렁이를 엉덩방아 찧듯이 해 넘기는 모양인데, 만일 그렇다면 나는 큰일 났다.

그러기에 사실 오늘 아침에는 배가 고프다. 이것으로 미루면 아까 임이가 스커트, 슬립, 드로어즈 등속을 모조리 내다 버리고 들어왔더라는 소개조차가 필연 거짓말일 것이다. 그것은 내 인색한 애정의 타산이 임이더러,

"너 왜 그러지 않었드냐."

하고 암암리에 퉁명? 심술을 부려본 것일 줄 나는 믿는다.

그러나 발음 안 되는 글자처럼 생동생동한 임이는 내 손톱을 열심으로 깎아주고 있다.

"맹수가 가축이 되려면 이 흉악한 독아毒牙를 전단前斷해 버려야 한다."

는 미술적인 권유임에 틀림없다. 이런 일방 나는 못났게도,

"아이 배고파."

하고 여지없이 소박한 얼굴을 임이에게 드밀면서 아침이냐 저녁이냐 과연 이것만은 묻지 않았다.

신부는 어디까지든지 귀엽다. 돋보기를 가지고 보아도 이 가련한 일타화一朶花의 나이를 알아내기는 어려우리라. 나는 내 실망에 수비하기 위하여 열일곱이라고 넉넉잡

○   86

아 순다. 그러나 내 귀에다 속삭이기를,

"스물두 살이라나요. 어림없이 그리지 마세요. 그만하면 알 텐데 부러 그리시지요?"

이 가련한 신부가 지금 적수공권으로 나갔다. 내 짐작에 쌀과 나무와 숯과 반찬거리를 장만하러 나간 것일 것이다.

그동안 나는 심심하다. 안집 어린 애기 불러서 같이 놀까 하고 전에 없이 불렀더니 얼른 나와서 내 방 미닫이를 열고,

"아침이에요."

그런다. 오늘부터 일전 안 준다. 나는 다시는 이 어린 애와는 놀 수 없게 되었구나 하고 나는 할 수 없어서 덮어놓고 성이 잔뜩 난 얼굴을 해보이고는 뺨 치듯이 방 미닫이를 딱 닫아버렸다. 눈을 감고 가슴이 두근두근하자니까, 으아 하고 그 어린애 우는 소리가 안마당으로 멀어가면서 들려왔다. 나는 오랫동안을 혼자서 덜덜 떨었다.

임이가 돌아오니까 몸에서 우유 내가 난다. 나는 서서히 내 활력을 정리하여가면서 임이에게 주의한다. 똑 갓난아기 같아서 썩 좋다.

"목장꺼지 갔다 왔지요."

"그래서?"

카스텔라와 산양유를 책보에 싸가지고 왔다. 집시족 아침 같다.

그리고 나서도 나는 내 본능 이외의 것을 지껄이지 않

았나 보다.

"어이, 목말라 죽겠네."

대개 이렇다.

이 목장이 가까운 교외에는 전등도 수도도 없다. 수도 대신에 펌프.

물을 길러 갔다 오더니 운다. 우는 줄만 알았더니 웃는다. 조런— 하고 보면 눈에 눈물이 글썽글썽하다. 그러고 도 웃고 있다.

"고게 누우 집 아일까. 아, 쪼꾸망 게 나더러 너 담밸 했구나, 핵교 가니? 그리겠지, 고게 나알 제 동무루 아아나 봐, 참 내 어이가 없어서, 그래, 난 안 간단다, 그랬드니, 요 게 또 헌다는 소리가 나 발 씻게 물 좀 끼얹어 주려무나 애, 아주 이리겠지, 그래 내 물을 한 통 그냥 막 쫙쫙 끼얹어 줘 었지, 그랬드니 너두 발 씻으래, 난 이따가 씻는단다 그러 구 왔서, 글세, 내 기가 맥혀."

누구나 속아서는 안 된다. 햇수로 여섯 해 전에 이 여 인은 정말이지 처녀대로 있기는 성가셔서 말하자면 헐값 에 즉 아무렇게나 내어주신 분이시다. 그동안 만 오 개년 이분은 휴게라는 것을 모른다. 그런 줄 알아야 하고 또 알 고 있어도 나는 때마침 변덕이 나서,

"가만있자, 거 얼마 들었드라?"

나쓰미깡이 두 개에 제아무리 비싸야 이십 전, 옳지 깜빡 잊어버렸다. 초 한 가락에 삼 전, 카스텔라 이십 전, 산양유는 어떻게 해서 그런지 거저,

"사십삼 전인데."

"어이쿠."

"어이쿠는 뭐이 어이쿠예요."

"고놈이 아무 수루두 제해지질 않는군그래."

"소수?"

옳다.

신통하다.

"신통해라!"

걸인 반대

이런 정경마저 불쑥 내어놓는 날이면 이번 복수 행위는 완벽으로 흐지부지하리라. 적어도 완벽에 가깝기는 하리라.

한 사람의 여인이 내게 그 숙명을 공개해주었다면 그렇게 쉽사리 공개를 받은—참회를 듣는 신부 같은 지위에 있어서 보았다고 자랑해도 좋은—나는 비교적 행복스러웠을는지도 모른다. 그러나 나는 어디까지든지 약다. 약으니까 그렇게 거저먹게 내 행복을 얼굴에 나타내거나 하지는 않는다는 것이다.

이와 같은 로직을 불언실행하기 위하여서 만으로도 내가 그 구중중한 수염을 깎지 않은 것은 지당한 중에도 지당한 맵시일 것이다.

그래도 이 우둔한 여인은 내 얼굴에 더덕더덕 붙은바 추^釀를 지적하지 않는다. 그것은 두말할 것도 없이 그 숙명을 공개하던 구실도 헛되거니와 그 여인의 애정이 부족한 탓이리라. 아니 전혀 없다.

나는 바른대로 말하면 애정 같은 것은 희망하지도 않는다. 그러니까 내가 결혼한 이튿날 신부를 데리고 외출했다가 다행히 길에서 그 신부를 잃어버렸다고 하자. 내가 그럼 밤잠을 못 자고 찾을까.

그때 가령 이런 엄청난 글발이 날아들어 왔다고 내가 은근히 희망한다.

'소생이 모월 모일 길에서 줏은바 소녀는 귀하의 신부임이 확실한 듯하기에 통지하오니 찾아가시오.'

그래도 나는 고집을 부리고 안 간다. 발이 있으면 오겠지, 하고 나의 염두에는 그저 왕양^{汪洋}한 자유가 있을 뿐이다.

돈지갑을 어느 포켓에다 넣었는지 모르는 사람만이 용이하게 돈지갑을 잃어버릴 수 있듯이, 나는 길을 걸으면서도 결코 신부 임이에 대하여 주의를 하지 않기로 주의한다. 또 사실 나는 좀 편두통이다. 5월의 교외 길은 좀 눈이 부셔서 실없이 어찔어찔하다.

— 주마가편 —

이런 느낌이다.

임이는 결코 결혼 이튿날 걷는 길을 앞서지 않으니 임이로 치면 이날 사실 가볼 만한 데가 없다는 것일까. 임이

○

는 그럼 뜻밖에도 고독하던가.

달리는 말에 한층 채찍을 내리우는 형상, 임이의 작은 보폭이 어디 어느 지점에서 졸도를 하나 보고 싶기도 해서 좀 심청맞으나 자분참 걸었던 것인데—

아니나 다를까? 떡 없다.

내 상식으로 하면 귀한 사람이 가축을 끌고 소요하려 할 때 의례히 가축이 앞선다는 것이다.

앞서가는 내가 놀라야 하나. 이 경우에 그러면 그렇지 하고 까딱도 하지 않아야 더 점잖은가.

아직은? 했건 만도 어언간 없어졌다.

나는 내 고독과 내 노년을 생각하고 거기는 은행 벽 모퉁인 것도 채 인식하지도 못하는 중 서서 그래도 서너 번은 뒤 혹은 양 곁을 둘러보았다. 단발 양장의 소녀는 마침 드물다.

"이만하면 유실이구?"

닥쳐와야 할 일이 척 닥쳐왔을 때 나는 내 갈팡질팡하는 육신을 수습해야 한다. 그러나 임이는 은행 정문으로부터 마술처럼 나온다. 하이힐이 아까보다는 사뭇 무거워 보이기도 하는데, 이상스럽지는 않다.

"십 원째리를 죄다 십 전째리루 바꿨지, 이거 좀 봐, 이망큼이야, 주머니에다 느세요."

주마가편이라는 상쾌한 내 어휘에 드디어 슬럼프가 왔다는 것이다.

나는 기뻐하지 않는다. 그렇다고 대담하게 그럴 성싶

은 표정을 이 소녀 앞에서 하는 수는 없다. 그래서 얼른,

SEUVENIR!souvenir의 오식

균형된 보조가 똑같은 목적을 향하여 걸었다면 겉으로 보기에 친화하기도 하련만, 나는 내 마음에 인내를 명령하여놓고 패러독스에 의한 복수에 착수한다. 얼마나 요런 암상은 참나? 계산은 말잔다.

애정은 애초부터 없었다는 증거!

그러나 내 입에서 복수라는 말이 떨어진 이상 나만은 내 임이에게 대한 애정을 있다고 우길 수 있는 것이다.

보자! 얼마간 피곤한 내 두 발과 임이의 한 켤레 하이힐이 윤의 집 문간에 가 서게 되었는데도 감쪽스럽게 임이가 성을 안 낸다. 안 차고 겸하여 다라지기도 하다.

윤은 부재요, 그러면 내가 뜻하지 않고 임이의 안색을 살필 기회가 온 것이기에,

"PM 다섯 시까지 따이먼드로 오기를."

이렇게 적어서 안잠자기에게 전하고 흘낏 임을 노려보았더니—

얼떨결에 색소가 없는 혈액이라는 설명할 수사학을 나는 내가 마치 임이 편인 것처럼 민첩하게 찾아놓았다.

폭풍이 눈앞에 온 경우에도 얼굴빛이 변해지지 않는 그런 얼굴이야말로 인간고의 근원이리라. 실로 나는 울창한 삼림 속을 진종일 헤매고 끝끝내 한 나무의 인상을 훔쳐 오지 못한 환각의 인∧이다. 무수한 표정의 말뚝이 공동묘지처럼 내게는 똑같아 보이기만 하니 멀리 이 분주한 초

○

조를 어떻게 점잔을 빼어서 구하느냐.

따이먼드 다방 문 앞에서 너무 머뭇머뭇하느라고 들어가지 못하고 말기는 처음이다. 윤이 오면—따이먼드 보이 녀석은 윤과 임이 여기서 그들을 사랑하는 부부인 것까지도 알고, 하니까 나는 다시 내 필적을,

'PM 여섯 시까지 집으로 저녁을 토식하러 가리로다. 물경 부처夫妻.'

주고 나왔다. 나온 것은 나왔다뿐이지,

DOUGHTY DOG

이라는 가증한 장난감을 살 의사는 없다. 그것은 다만 십 원짜리 체인지와 아울러 임이의 분간 못 할 천후天候에서 나온 경증의 도박이리라.

여섯 시에 일어난 사건에서 나는 완전히 실각했다.

가령—(내가 윤더러)

"아아 있군그래, 따이먼드에 갔든가, 게다 여섯 시에 오께 밥 달라구 적어놨는데, 밥이라면 술이 붙으렷다."

"갔지, 가구말구, 밥은 예펜네가 어딜 가서 아직 안 됐구, 술은 내 미리 먹구 왔구."

첫째 윤은 따이먼드까지 안 갔다. 고 안잠자기 말이 아이구 댕겨가신 지 오분두 못 돼서 들오세서 여태 기대리셨는데요— PM 다섯 시는 즉 말하자면 나를 힘써 만날 것이 없다는 태도다.

"대단히 교만하다."

이러려다 그만두어야 했다. 나는 그 대신 배를 좀 불

쑥 앞으로 내어밀고,

"내 아내를 소개허지, 이름은 임이."

"아내? 허— 착각을 일으켰군그래, 내 짐작 같애서는 그게 내 아내 비슷두 헌데!"

"내가 더 미안헌 말 한마디만 허까, 이따위 서푼째리 소설을 쓰느라고 내가 만년필을 쥐이지 않았겠나, 추억이라는 건 요컨대 이 만년필망쿰두 손에 직접 잽히능 게 아니란 내 학설이지, 어때?"

"먹다 냉킹 걸 몰르구 집어먹었네그려. 자넨 자고로 귀족 취미는 아니라니까, 아따 자네 위생이 부족헌 체허구 그저 그대루 견디게그려, 내게 암만 통명을 부려야 낸들 또 한 번 츳다 버린 만년필을 인제 와서 어쩌겠나."

내 얼굴은 단박 잠잠하다. 할 말이 없다. 핑계 삼아 내 포켓에서,

DOUGHTY DOG

을 꺼내놓고 스프링을 감아준다. 한 마리의 그레이하운드 가 제 몸집만이나 한 구두 한 짝을 물고 늘어져서 흔든다. 죽도록 흔들어도 구두는 구두대로 개는 개대로 강철의 위치를 변경하는 수가 없는 것이 딱하기가 짝이 없고 또 내가 더럽다.

DOUGHTY

는 더럽다는 말인가. 초조하다는 말인가. 이 글자의 위압에 참 나는 견딜 수 없다.

"아닝 게 아니라 나두 깜짝 놀랬네, 놀랜 것이 지 애가

(안잠자기가) 내 댕겨 두로니까 헌다는 소리가, 한 마흔댓
되는 이가 열칠팔 되는 시액시를 데리구 날 찾아왔드라구,
딸 겉기두 헌데 또 첩 겉기두 허드라구, 종잇조각을 봐두
자네 이름을 안 썼으니 누군지 알 수 없구, 덮어놓구 따이
먼드루 찾아갔다가 또 혹시 실수허지나 않을까 봐, 예끼 그
만 내버려 둬라, 제눔이 누구등 간에 날 보구 싶으면 찾어
오겠지 허구 기대리든 차에, 하하 이건 좀 일이 제대루 되
질 않은 것 겉기두 허예 어째."

　　나는 좋은 기회에 임이를 한번 어디 돌아다보았다. 어
족鱼族이나 다름없이 뭉툭한 채 그 이 두 남자를 건드렸다
말았다 한 손을 솜씨 있게 놀려,

　　DOUGHTY DOG
스프링을 감아주고 있다. 이것이 나로서 성화가 날 일이 아
니면 죄罪 시인이다. 아— 아—

　　나는 아— 아— 하기를 면하고 싶어도 다음에 내 무
너져 들어가는 육체를 지지할 수 있는 말을 할 수 있도록
공부하지 않고는 이 구중중한 아— 아— 를 모른 체할 수
는 없다.

　　　　　　　　명시明示

　　　　　　여자란 과연 천혜처럼 남자를
철두철미 쳐다보라는 의무를 사상의 선결 조건으로 하는

탄성체던가.

다음 순간 내 최후의 취미가,

"가축은 인제는 싫다."

이렇게 쾌히 부르짖은 것이다.

나는 모든 것을 망각의 벌판에다 내다 던지고 알따란 취미 한풀만을 질질 끌고 다니는 자기 자신 문지방을 이제는 넘어 나오고 싶어졌다.

우환!

유리 속에서 웃는 그런 불길한 영유靈幽의 웃음은 싫다. 인제는 소리를 가장 쾌활하게 질러서 손으로 만지려면 만져지는 그런 웃음을 웃고 싶은 것이다. 우환이 있는 것도 아니요 우환이 없는 것도 아니요 나는 심야의 차도에 내려선 초연한 성격으로 이런 속된 혼탁에서 돌아서 보았으면—

그러기에는 이번에 적잖이 기술을 요했다. 칼로 물을 베듯이,

"아차! 나는 T가 월급이군그래, 잊어버렸구나(하건만 나는 덜 뱉알아놓은 것이 혀에 미꾸라지처럼 걸려서 근질근질한다. 윤은 혹은 식물과 같이 인문人文을 떠난 방탄조끼를 입었나) 그러나 윤! 들어보게, 자네가 모조리 핥었다는 임이의 나체는 그건 임이가 목욕헐 때 입는 비누 드레스나 마창가질세! 지금 아니! 전무후무하게 임이 벌거숭이는 내게 독점된 걸세, 그리게 자넨 그만큼 해두구 그 병정 구두 겉은 교만을 좀 버리란 말일세, 알아듣겠나."

윤은 낙조를 받은 것처럼 얼굴이 불콰하다. 거기 조소가 지방처럼 윤이 나서 만연하는 것이 내 전투력을 재채기시킨다.

윤은 내가 불쌍하다는 듯이,

"내가 이만큼꺼지 사양허는데 자네가 공연이 자꾸 그리면 또 모르네, 내 성가셔서 자네 따구 한 대쯤 갈기는지두."

이런 어리석어빠진 논쟁을 왜 내게 재판을 청하지 않느냐는 듯이 그레이하운드가 구두를 기껏 흔들다가 그치는 것을 보아 임이는 무용의 어떤 포즈 같은 손짓으로,

"지이가 됴스의 여신입니다. 둘이 어디 모가질 한번 바꿔 붙여보시지오, 안 되지오? 그러니 그만들 두시란 말입니다. 윤헌테 내어준 육체는 거기 해당한 정조가 법률처럼 붙어갔든 거구요, 또 지이가 어저께 결혼했다구 여기두 여기 해당한 정조가 따라왔으니까 뽐낼 것두 없능 거구, 질투헐 것두 없능 거구, 그러지 말구 겉은 선수끼리 악수나 허시지오, 네?"

윤과 나는 악수하지 않았다. 악수 이상의 통봉痛棒이 윤은 몰라도 적어도 내 위에는 내려앉았는 것이니까. 이것은 여기 앉었다가 밴댕이처럼 납작해질 징조가 아닌가. 겁이 차츰차츰 나서 나는 벌떡 일어나면서 들창 밖으로 침을 탁 뱉을까 하다가 자분참,

"그렇지만 자네는 만금을 기울여두 인젠 임이 나체 스냅 하나 보기두 어려울 줄 알게, 조꿈두 사양헐 게 없이

국으로 나허구 병행해서 온전헌 정의를 유지허능 게 어떵
가?"

하니까,

"이착二着 열 번 헌 눔이 아무래두 일착一着 단 한 번 헌
눔 앞에서 고갤 못 드는 법일세. 자네두 그만헌 예의쯤 분
간이 슬 듯헌데 왜 그리 바들짝바들짝허나 응? 그러구 그
만큼이니 만만큼이니 허능 건 또 다 뭔가? 나라는 사람은
말일세 자세 들게, 여자가 날 싫어허면 헐수룩 좋아허는 체
허구 쫓아댕기다가두 그 여자가 섣불리 그럼 허구 좋아허
는 낯을 단 한 번 허는 날에는, 즉 말허자면 마주막 물건을
단 한 번 건드리구 난 다음엔 당장 눈앞에서 그 여자가 싫
여지는 성질일세, 그건 자네가 아주 바루 정의가 어쩌니 허
지만 이거야말루 내 정의에서 우러나오는 걸세. 대체 난 나
버덤 낮은 인간이 싫으예. 여자가 한번 제 마주막 것을 구
경시킨 다암엔 열이면 열 백이면 백, 밑으루 내려가서 그
남자를 쳐다보기 시작이거든, 난 이게 견딜 수 없게 싫단
그 말일세."

나는 그제는 사뭇 돌아섰다. 그만침 정밀한 모욕에는
더 견디기 어려워서.

윤은 새로 담배에 불을 붙여 물더니 주머니를 뒤적뒤
적한다. 나를 살해하기 위한 흉기를 찾는 것일까. 담뱃불은
이미 붙었는데—

"여기 십 원 있네. 가서 가난헌 T 군 졸르지 말구 자
네가 T 군헌테 한잔 사주게나. 자넨 오늘 그 자네 서푼째

○

리 체면 때문에 꽤 우울해진 모냥이니 자네 소위 신부허구 같이 있다가는 좀 위험헐걸, 그러니까 말일세 그 신부는 내 오늘 같이 키네마루 모시구 갈 테니 안 헐 말루 잠시 빌리게, 응? 왜 맘에 꺼림쩍헝가?"

"너무 세밀허게 내 행동을 지정허지 말게, 하여간 난 혼자 좀 나가야겠으니 임이, 윤 군허구 키네마 가지 응, 키네마 좋아허지 왜."

하고 말끝이 채 맺기 전에 임이 뾰루퉁하면서—

"임이 남편을 그렇게 맘대루 동정허거나 자선허거나 헐 권리는 남에겐 더군다나 없습니다. 자— 그거 받아서는 안 됩니다. 여깄세요."

하고 내어놓은 무수한 십 전짜리.

"하하 야 이겁 봐라."

윤은 담뱃불을 재떨이에다 벌레 죽이듯이 꾹꾹 이기면서 좀처럼 웃음을 얼굴에서 걷지 않는다. 나도 사실 속으로,

'하하 야 요겁 봐라.'

안 한 것이 아니다. 그러나 나도 웃어 보였다. 그리고는 임이 등을 어루만져주고 그 백동화를 한 움큼 주머니에 넣고 그리고 과연 윤의 집을 나서는 길이다.

"이따 파헐 임시해서 내 키네마 문밖에서 기대리지, 어디지?"

"단성사, 헌데 말이 났으니 말이지 난 오늘 친구헌테 술값 꾀주는 권리를 완전히 구속당했능걸! 어— 쯧쯧."

적어도 백 보가량은 앞이 맴을 돌았다. 무던히 어지러워서 비척비척하기까지 한 것을 나는 아무에게도 자랑할 수는 없다.

TEXT

"불장난―정조 책임이 없는 불장난이면? 저는 즐겨합니다. 저를 믿어주시나요? 정조 책임이 생기는 나잘에 벌써 이 불장난의 기억을 저의 양심의 힘이 말살하는 것입니다. 믿으세요."

평評―이것은 분명히 다음에 서술되는 같은 임이의 서술 때문에 임이의 영리한 거짓부렁이가 되고 마는 것이다. 즉,

"정조 책임이 있을 때에도 다음 같은 방법에 의하야 불장난은―주관적으로만이지만―용서될 줄 압니다. 즉 아내면 남편에게, 남편이면 아내에게, 무슨 특수한 전술로든지 감쪽같이 모르게 그렇게 스므드하게 불장난을 하는 데 하고 나도 이렇달 형적을 꼭 남기지 말아야 한다는 것입니다. 네? 그러나 주관적으로 이것이 용납되지 않는 경우에 하였다면 그것은 죄요 고통일 줄 압니다. 저는 죄도 알고 고통도 알기 때문에 저로서는 어려울까 합니다. 믿으시나요? 믿어주세요."

평―여기서도 끝으로 어렵다는 대문 부근이 분명히

○

100

거짓부렁이라는 것이다. 그것은 역시 같은 임이의 필적 이런 잠재의식, 탄로 현상에 의하여 확실하다.

"불장난을 못 하는 것과 안 하는 것과는 성질이 아주 다릅니다. 그것은 컨디션 여하에 좌우되지는 않겠지요. 그러니 어떻다는 말이냐고 그러십니까. 일러드리지요. 기뻐해 주세요. 저는 못 하는 것이 아니라 안 하는 것입니다. 자각된 연애니까요. 안 하는 경우에 못 하는 것을 관망하고 있노라면 좋은 어휘가 생각납니다. 구토. 저는 이것은 견딜 수 없는 육체적 형벌이라고 생각합니다. 온갖 자연 발생적 자태가 저에게는 어째 유취만년遺臭萬年의 넝마조각 같습니다. 기뻐해 주세요. 저를 이런 원근법에 좇아서 사랑해주시기 바랍니다."

평—나는 싫어도 요만큼 다가선 위치에서 임이를 설유設喩하려 드는 대시의 자세를 취소해야 하겠다. 안 하는 것은 못 하는 것보다 교양, 지식 이런 척도로 따져서 높다. 그러나 안 한다는 것은 내가 빚어내는 기후 여하에 빙자해서 언제든지 아무 겸손이라든가 주저 없이 불장난을 할 수 있다는 조건부 계약을 차도 복판에 안전지대 설치하듯이 강요하고 있는 징조에 틀림은 없다.

나 스스로도 불쾌할 에필로그로 귀하들을 인도하기 위하여 다음과 같은 박빙을 밟는 듯한 회화를 조직하마.

"너는 네 말마따나 두 사람의 남자 혹은 사실에 있어서는 그 이상 훨씬 더 많은 남자에게 내주었든 육체를 걸머지고 그렇게도 호기 있게 또 정정당당하게 내 성문을 틈

입할 수가 있는 것이 그래 철면피가 아니란 말이냐?"

"당신은 무수한 매춘부에게 당신의 그 당신 말마따나 고귀한 육체를 염가로 구경시키셨습니다. 마찬가지지요."

"하하! 너는 이런 사회조직을 깜박 잊어버렸구나. 여기를 너는 서장西藏으로 아느냐. 그렇지 않으면 남자도 포유 행위를 하든 피데칸트로푸스 시대로 아느냐. 가소롭구나. 미안하오나 남자에게는 육체라는 관념이 없다. 알아듣느냐?"

"미안하오나 당신이야말로 이런 사회조직을 어째 급속도로 역행하시는 것 같습니다. 정조라는 것은 일대일의 확립에 있습니다. 약탈 결혼이 지금도 있는 줄 아십니까."

"육체에 대한 남자의 권한에서의 질투는 무슨 걸레 조각 같은 교양 나부랭이가 아니다. 본능이다. 너는 이 본능을 무시하거나 그 치기만만한 교양의 장갑으로 정리하거나 하는 재조가 통용될 줄 아느냐?"

"그럼 저도 평등하고 온순하게 당신이 정의하시는 '본능'에 의해서 당신의 과거를 질투하겠습니다. 자— 우리 숫자로 따져보실까요?"

펑—여기서부터는 내 교재에는 없다.

신선한 도덕을 기대하면서 내 구태의연하다고 할 만도 한 관록을 버리겠노라.

다만 내가 이제부터 내 부족하나마나 노력에 의하여 획득해야 할 것은 내가 탈피할 수 있을 만한 지식의 구매다.

나는 내가 환갑을 지난 몇 해 후 내 무릎이 일어서는

날까지는 내 오크재로 만든 포도송이 같은 손자들을 거느리고 끽다점에 가고 싶다. 내 아라모드$^{à la mode, 최신 유행}$ 손자들의 그것과 태연히 맞서고 싶은 현재의 내 비애다.

전질顚跌

이러다가는 내 중립 지대로만 알고 있던 건강술이 자칫하면 붕괴할 것 같은 위구가 적지 않다. 나는 조심조심 내 앉은 자리에 혹 유해한 곤충이나 서식하지 않는가 보살펴야 한다.

T 군과 마주 앉아 싱거운 술을 마시고 있는 동안 내 눈이 여간 축축하지 않았단다. 그도 그럴밖에. 나는 시시각각으로 자살할 것을, 그것도 제 형편에 꼭 맞춰서 생각하고 있었으니—

내가 받은 자결의 판결문 제목은,

'피고는 일조에 인생을 낭비하였느니라. 하루 피고의 생명이 연장되는 것은 이 건곤의 경상비를 구태여 등귀시키는 것이거늘 피고가 들어가고저 하는 쥐구녕이 거기 있으니 피고는 모름지기 그리 가서 꽁무니 쪽을 돌아다보지는 말지어다.'

이렇다.

나는 내 언어가 이미 이 황막한 지상에서 탕진된 것을 느끼지 않을 수 없을 만치 정신은 공동空洞이요, 사상은 당장 빈곤하였다.

그러나 나는 이 유구한 세월을 무사히 수면하기 위하여, 내가 몽상하는 정경을 합리화하기 위하여, 입을 다물고 꿀 항아리처럼 잠자코 있을 수는 없는 일이다.

"몽골피에 형제가 발명한 경기구가 결과로 보아 공기보다 무거운 비행기의 발달을 훼방 놀 것이다. 그와 같이 또 공기보다 무거운 비행기 발명의 힌트의 출발점인 날개가 도리어 현재의 형태를 갖춘 비행기의 발달을 훼방 놓았다고 할 수도 있다. 즉 날개를 펄럭거려서 비행기를 날르게 하려는 노력이야말로 차륜을 발명하는 대신에 말의 보행을 본떠서 자동차를 만들 궁리로 바퀴 대신 기계 장치의 네 발이 달린 자동차를 발명했다는 것이나 다름없다."

억양도 아무것도 없는 사어다. 그럴밖에. 이것은 장 콕토의 말인 것도.

나는 그러나 내 말로는 그래도 내가 죽을 때까지의 단 하나의 절망, 아니 희망을 아마 텐스^{tense}를 고쳐서 지껄여 버린 기색이 있다.

"나는 어떤 규수 작가를 비밀히 사랑하고 있소이다그려!"

그 규수 작가는 원고 한 줄에 반드시 한 자씩의 오자를 삽입하는 쾌활한 태만성을 가진 사람이다. 나는 이 여인 앞에서는 내 추한 짓밖에는 할 수 있는 거동의 심리적 여유가 없다. 이 여인은 다행히 경산부다.

그러나 곧이듣지 마라. 이것은 다음과 같은 내 면목을

유지하기 위해 발굴한 연장에 지나지 않는다.

"내가 결혼하고 싶어 하는 여인과 결혼하지 못하는 것이 결이 나서 결혼하고 싶지도 저쪽에서 결혼하고 싶어 하지도 않는 여인과 결혼해버린 탓으로 뜻밖에 나와 결혼하고 싶어 하든 다른 여인이 그 또 결이 나서 다른 남자와 결혼해버렸으니 그야말로—나는 지금 일조에 파멸하는 결혼 위에 저립佇立하고 있으니—일거에 삼첨三尖일세그려."

즉 이것이다.

T 군은 암만해도 내가 불쌍해 죽겠다는 듯이 나를 물끄러미 바라다보더니,

"자네, 그중 어려운 외국으로 가게, 가서 비로소 말두 배우구, 또 사람두 처음으로 사귀구 그리구 다시 채국채국 살기 시작허게. 그럭허능 게 자네 자살을 구할 수 있는 유일의 방도가 아닌가. 그렇게 생각하는 내가 그럼 박정한가?"

자살? 그럼 T 군이 눈치를 채었든가.

"이상스러워할 것도 없는 게 자네가 주머니에 칼을 넣고 댕기지 않는 것으로 보아 자네에게 자살하려는 의사가 있다는 걸 알 수 있지 않겠나. 물론 이것두 내게 아니구 남한테서 꿔 온 에피그램이지만."

여기 더 앉았다가는 복어처럼 탁 터질 것 같다. 아슬아슬한 때 나는 T 군과 함께 바를 나와 알맞추 단성사 문 앞으로 가서 삼분쯤 기다렸다.

윤과 임이가 일조 이조 하는 문장처럼 나란히 나온다. 나는 T 군과 같이 〈만춘晚春〉 시사試寫를 보겠다. 윤은 우물

쭈물하는 것도 같더니,

"바통 가져가게."

한다. 나는 일없다. 나는 절을 하면서,

"일착 선수여! 나를 열차가 연선의 소역을 자디잔 바둑돌 묵살하고 통과하듯이 무시하고 통과하야 주시기(를) 바라옵나이다."

순간 임이 얼굴에 독화가 핀다. 응당 그러리로다. 나는 이착의 명예 같은 것은 요새쯤 내다 버리는 것이 좋았다. 그래 얼른 릴레이를 기권했다. 이 경우에도 어휘를 탕진한 부랑자의 자격에서 공구恐懼 요코미쓰 리이치橫光利一 씨의 〈출세〉를 사글세 내어온 것이다.

임이와 윤은 인파 속으로 숨어버렸다.

갤러리 어둠 속에 T 군과 어깨를 나란히 앉아서 신발 바꿔 신은 인간 코미디를 내려다보고 있었다. 아랫배가 몹시 아프다. 손바닥으로 꽉 누르면 밀려 나가는 김이 입에서 홍소로 화해 터지려 든다. 나는 아편이 좀 생각났다. 나는 조심도 할 줄 모르는 야인이니까 반쯤 죽어야 껍적대지 않는다.

스크린에서는 죽어야 할 사람들은 안 죽으려 들고 죽지 않아도 좋은 사람들이 죽으려 야단인데 수염 난 사람이 수염을 혀로 핥듯이 만지작만지작하면서 이쪽을 향하더니 하는 소리다.

"우리 의사는 죽으려 드는 사람을 부득부득 살려가면서도 살기 어려운 세상을 부득부득 살아가니 거 익살맞지 않소?"

말하자면 굽 달린 자동차를 연구하는 사람들이 거기서 이리 뛰고 저리 뛰고 하고들 있다.

나는 차츰차츰 이 객 다 빠진 텅 빈 공기 속에 침몰하는 과실 씨가 내 허리띠에 달린 것 같은 공포에 지질리면서 정신이 점점 몽롱해 들어가는 벽두에 T 군은 은근히 내 손에 한 자루 서슬 퍼런 칼을 쥐어준다.

(복수하라는 말이렷다.)

(윤을 찔러야 하나? 내 결정적 패배가 아닐까? 윤은 찌르기 싫다.)

(임이를 찔러야 하지? 나는 그 독화 핀 눈초리를 망막에 영상한 채 왕생하다니.)

내 심장이 꽁꽁 얼어 들어온다. 빼드득빼드득 이가 갈린다.

(아하 그럼 자살을 권하는 모양이로군, 어려운데― 어려워, 어려워, 어려워.)

내 비겁을 조소하듯이 다음 순간 내 손에 무엇인가 뭉클 뜨듯한 덩어리가 쥐어졌다. 그것은 서먹서먹한 표정의 나쓰미깡, 어느 틈에 T 군은 이것을 제 주머니에다 넣고 왔던구.

입에 침이 쫘르르 돌기 전에 내 눈에는 식은 컵에 어리는 이슬처럼 방울지지 않는 눈물이 핑 돌기 시작하였다.

―《조광》, 1937. 2.

공포의 기록

생활, 내가 이미 오래전부터 생활을 갖지 못한 것을 나는 잘 안다. 단편적으로 나를 찾아오는 '생활 비슷한 것'도 오직 '고통'이란 요괴뿐이다. 아무리 찾아도 이것을 알아줄 사람은 한 사람도 없다.

무슨 방법으로든지 생활력을 회복하려 꿈꾸는 때도 없지는 않다. 그것 때문에 나는 입때 자살을 안 하고 대기의 열 자세를 취하고 있는 것이다―이렇게 나는 말하고 싶다만.

제이차의 객혈이 있은 후 나는 으슴푸레하게나마 내 수명에 대한 개념을 파악하였다고 스스로 믿고 있다.

그러나 그 이튿날 나는 작은어머니와 말다툼을 하고 맥박 백이십오의 팔을 안은 채, 나의 물욕을 부끄럽다 하였다. 나는 목을 놓고 울었다. 어린애같이 울었다.

남 보기에 퍽이나 추악했을 것이다. 그러다 나는 내가 왜 우는가를 깨닫고 곧 울음을 그쳤다.

나는 근래의 내 심경을 정직하게 말하려 하지 않는다. 말할 수 없다. 만신창이의 나이언만 약간의 귀족 취미가 남아 있기 때문이다. 그러나 만약 남 듣기 좋게 말하자면 나는 절대로 내 자신을 경멸하지 않고 그 대신 부끄럽게 생각하리라는 그러한 심리로 이동하였다고 할 수는 있다. 적어도 그것에 가까운 것만은 사실이다.

불행한 계승

사월로 들어서면서는 나는 얼마간 기동할 정신이 났다. 객혈하는 도수도 훨씬 뜨고 또 분량도 훨씬 줄었다. 그러나 침침한 방안으로 훗훗한 공기가 들어와서 미적지근하게 미적지근한 체온과 어울릴 적에 피로는 겨울 동안보다 훨씬 더한 것 같음은 제 팔뚝을 들 힘조차 제게 없는 것이다. 하도 답답하면 나는 툇마루에 볕이 드는 데로 나와 앉아서 반쯤 보이는 닭의장 쪽을 보려고 그래서가 아니라 보이니까 멀거니 보고 있자면 의례히 작은어머니가 그 닭의장을 얼싸안고 얼미적얼미적하는 것이다. 저것은 즉 고 덜 여물어서 알을 안 까는 암탉들을 내려다보면서 언제나 요것들을 길러서 누이를 보나 하는 고약한 어머니들의 제 딸 노리는 그게 아닌가 내 눈에 비치는 것이다.

나는 물론 이래서는 안 된다고 생각한다. 작은어머니 얼굴을 암만 봐도 미워할 데가 어디 있느냐. 넓은 이마, 고른 치아의 열, 알맞은 코, 그리고 작은아버지만 살아계시면 아직도 얼마든지 연연한 애정의 색을 띨 수 있는 총기 있는 눈 하며 다 내가 좋아하는 부분인데 어째 그런지 그런 좋은 부분들이 종합된 '작은어머니'라는 인상이 나로 하여금 증오의 염念을 일으키게 한다.

물론 이래서는 못쓴다. 이것은 분명히 내 병이다. 오래오래 사람을 싫어하는 버릇이 살피고 살펴서 급기야에 이 모양이 되고 만 것임에 틀림없다. 그렇다고 내 육친까지를 미워하기 시작하다가는 나는 참 이 세상에 의지할 곳이 도무지 없어지는 것이 아니냐. 참 안됐다.

이런 공연한 망상들이 벌써 나을 수도 있었을 내 병을 자꾸 덧들리게 하는 것일 것이다. 나는 마음을 조용히 또 순하게 먹어야 할 것이라고 여러 번 괴로워하는데 그렇게 괴로워하는 것은 도리어 또 겹겹이 짐 되는 것도 같아서 나는 차라리 방심 상태를 꾸미고 방안에서는 천장만 쳐다보거나 나오면 허공만 쳐다보거나 하재도 역시 나를 싸고도는 온갖 것에 대한 증오의 염이 무럭무럭 구름 일듯 하는 것을 영 막을 길이 없다.

◯

비가 두어 번 왔다. 싹이 트려나 보다. 내려다보는 지면이 갈수록 심상치 않다. 바람이 없이 조용한 날은 툇마루에 드는 볕을 가만히 잡기만 하면 퍽 따뜻하다. 이렇게 따뜻한 볕을 쪼이면서 이렇게 혼곤한데 하필 사람만을 미워해야 되는 까닭이 무엇이냐.

사람이 나를 싫어할 성싶은데 나도 사실 내가 싫다. 이렇게 저를 사랑할 줄도 모르는 인간이 남을 위할 줄 알 수 있으랴. 없다. 그러면 나는 참 불행하구나.

이런 망상을 시작하면 정말이지 한이 없다. 그러니까 나는 힘이 들고 힘이 드는 것이 싫어도 움직여야 한다. 나는 헌 구두짝을 끌고 마당으로 나가서 담 한 모퉁이를 의지해서 꾸며놓은 닭의 집 가까이 가본다.

◯

혹 나는 마음으로 작은어머니에게 사과하려던 것인지도 모른다. 그런데 또 이것은 왜 그러나―작은어머니는 나를 보더니 얼른 안으로 들어가 버린다. 저러기 때문에 안 된다는 것이다. 닭의 집 높이가 내 턱 좀 못 미치기 때문에 나는 거기 가로질린 나무에 턱을 받치고 닭의 집 속을 내려다보고 있자니까 내음새도 어지간한데 제일 그 수탉이 딱해 죽겠다. 공연히 성이 대밑둥까지 나서 모가지 털을 벌

칵 일으켜 세워가지고는 숨이 헐레벌떡 헐레벌떡 야단법석이다. 제 딴은 그 가운데 막힌 철망을 뚫고 이쪽 암탉들 있는 데로 가고 싶어서 그러는 모양인데 사람 같으면 그만하면 못 넘어갈 줄 알고 그만둘 직하건만 이놈은 참 성벽이 대단하다.

가끔 철망 무너진 구멍에 무작정하고 목을 틀어박았다가 잘 나오지 않아서 눈을 감고 끽끽 소리를 지르다가 가까스로 빠져나가는 걸 보고 저놈이 그만하면 단념하였다 하고 있으면 그래도 여전히 야단이다. 나는 그만 그놈의 근기에 진력이 나서 못생긴 놈, 미련한 놈, 못생긴 놈, 미련한 놈, 하고 혼자서 화를 벌컥 내어보다가도 또 그놈의 그런 미칠 것 같은 정열이 다시없이 부럽기도 하고 존경해야 할 것같이 생각되기도 해서 자세히 본다.

그런데 암탉들은 어떠냐 하면 영 본숭만숭이다. 모른 체하고 그저 모이 주워 먹기에만 열중이다. 아하 저러니까 수탉이란 놈이 화가 더 날밖에 하고 나는 그 새침데기 암탉들을 안타깝게 생각한 것이다. 좀 가끔 수탉 쪽을 한두 번쯤 건너다가도 보아주지 원— 하고 나도 실없이 화가 난다. 수탉은 여전히 모이 주워 먹을 생각도 하지 않고 뒤법석을 치는데 좀처럼 허기도 지지 않는다.

이러다가 나는 저 수탉이 대체 요 세 마리 암탉 중의 어떤 놈을 노리는 것인가 좀 살펴보기로 하였다. 물론 수탉이란 놈의 변두가 하도 두리번거리니까 그놈의 시선만 가지고는 알아차리기가 어렵다. 그래서 나는 보통 사람 남자가 여자 보는 그런 눈으로 한번 보아야겠다.

얼른 보기에 사람의 눈으로는 짐승의 얼굴을 사람이 아무개 아무개 하듯 구별하기는 어려운 것같이 보이는데 또 그렇지도 않다. 자세히 보면 저마다 특징다운 특징이 있고 성미도 제각기 다르다. 요 암탉 세 마리도 기뻐하여서 얼른 보기에는 고놈이 고놈 같고 하더니 얼마큼이나 들여다보니까 모두 참 다르다.

키가 작달막하고, 눈앞이 검고, 털이 군데군데 빠지고 흙투성이의 그중 더러운 암탉 한 마리가 내 눈에 띄었다. 새침한 중에도 새침한 품이 풋고추같이 맵겠다. 그렇게 보니 그럴 상도 싶은 게 모이를 먹다가는 때때로 흘깃흘깃 음분한 계집같이 곁눈질을 곧잘 한다. 금방 달려들어 모래라도 한 줌 끼얹져 주었으면 하는 공연한 충동을 느끼나 그러나 허리를 굽히기가 싫다. 속 모르는 수탉은 수선도 피는구나.

아무것도 생각 않는 게 상수다. 닭들의 생활에도 그런 갸륵한 분쟁이 있으니 하물며 사람의 탈을 쓴 나에게 수없는 번거로움이 어찌 없으랴. 가엾은 수탉에 내 자신을 비겨보고 비겨보고 나는 다시 헌 구두짝을 질질 끈다. 바람이 없어서 퍽 따뜻하다. 싹이 트려나 보다.

얼굴이 이렇게까지 창백한 것이 웬일일까 하고 내가 번민해서―내 황막한 의학 지식이 그예 진단하였다. ―회충―그렇지만 이 진단에는 심원한 유서由緖가 있다. 회충이 아니면 십이지장충―십이지장충이 아니면 조충―이러리라는 것이다.

회충약을 써서 안 들으면, 십이지장충 약을 쓰고, 십이지장충 약을 써서 안 들으면 조충 약을 쓰고 조충 약을 써서 안 들으면 그다음은 아직 연구해보지 않았다.

　□

어떤 몹시 불쾌한 하루를 선택하여 위선 회충약을 돈복頓服하였다.

안다. 두 끼를 절식해야 한다는 것도, 복약 후에 반드시 혼도한다는 것도.

대낮이다. 이부자리를 펴고 그 속으로 움푹 들어가서 너부죽이 누워서, 이래도? 하고 그 혼도라는 것이 오기를 기다렷다.

기다리는 마음이 늘 초조한 법, 귀로 위 속이 버글버글하는 소리를 알아듣고 눈으로 방 네 귀가 정말 뒤퉁그러지려나 보고, 옆구리만 좀 근질근질해도 아하 요게 혼도라는 놈인가보다 하고 긴장한다.

그랬건만 딱한 일은 끝끝내 내가 혼도 않고 그만두었다는 것이다.

세 시를 쳐도 역시 그 턱이다. 나는 그만 흥분했다. 혼도커녕은 정신이 말뚱말뚱하단 말이다. 이럴 리가 없는데.

그렇다고 금방 십이지장충 약을 써보기도 싫다. 내 진

단이 너무나 허황한 데 스스로 놀라고 또 그 약을 구해야 할 노력이 아깝고 귀찮다.

구름 피듯 뭉게뭉게 불쾌한 감정이 솟아오른다. 이러다가는 저녁 지으시는 작은어머니와 또 싸우겠군―얼마 후에 나는 히죽히죽 모자도 안 쓰고 거리로 나섰다.

□

막 다방에를 들어서니까 수군壽君이 마침 문간을 나서면서 손바닥을 보인다.

"쉬― 자네 마누라가 와 있네."

나는 정신이 번쩍 났다.

"얘 요것 봐라."

하고 무작정 그리 들어서려는 것을 수군이 아예 말리는 것이다.

"만좌지중에서 망신 톡톡히 당할 테니 염체 어델."

"그런가―"

입맛을 쩍쩍 다시면서 발길을 돌리기는 돌렸으나 먼 발치에서라도 어디 좀 보고 싶었다.

솜옷을 입고 아내가 나갔거늘 이제 철은 홑것을 입어야 하니 넉 달 지간이나 되나 보다.

나를 배반한 계집이다. 삼 년 동안 끔찍이도 사랑하였던 끝장이다. 따귀도 한 대 갈겨주고 싶다. 호령도 좀 하여주고 싶다. 그러나 여기는 몰려드는 사람이 하나도 내 얼굴을 모르는 사람이 없는 다방이다 장히 모양도 사나우리라.

"자네 만나면 헐 말이 꼭 한마디 있다데."

"어쩌라누."

"사생결단을 허겠대데."

"어이쿠."

나는 몹시 놀라 보이고 레이먼드 하튼같이 빙글빙글 웃었다. '아내―마누라'라는 말이 낮잠과도 같이 옆구리를 간지른다. 그 이미지는 벌써 먼 바다를 건너간다. 이미 파도 소리까지 들리지 않느냐. 이러한 환상 속에 떠오르는 내 자신은 언제든지 광채 나는 루파슈카를 입었고 퇴폐적으로 보인다. 소년과 같이 창백하고도 무시무시한 풍모이다. 어떤 때는 울기도 했다. 어떤 때는 어딘지 모르는 먼 나라의 십자로를 걸었다.

수군에게 끌려 한강으로 나갔다. 목선을 하나 빌려 맥주도 싣고 상류로 거슬러 동작리 갯가에다 대어놓고 목로 찾아 취토록 먹었다 황혼에 수평은 시야와 어우러져서 아물아물 허공에 놓인 비조飛鳥처럼 이 허망한 슬픔을 참 어디다 의지해야 옳을지 비칠거리지 않을 수 없었다.

"응― 넉 달이 지나서 인제? 늬가 내게 헐 말은 뭐냐? 얘 더리고 더리다."

"이건 왜 벤벤치 못허게 이러는 거야."

"아―니, 아―니, 일테면 그렇다 그 말이지, 고론 앙큼스런 놈의 계집이 또 있을 수가 나나."

"글쎄 관둬 관둬."

"관두긴 허겠지만 어채피 말을 허자구 보면 자연 말이 이렇게쯤 나가지 않겠느냐 그런 말이야."

"이렇게 못생긴 건 내 보길 처엄 보겠네 원—"

"기집이란 놈의 물건이 아무리 독헌 물건이기루 고—게 싹 칼루 어인 듯이 돌아슬 수가 있냐고."

우리들은 술이 살렸다. 나야말로 술 없이 사는 도리가 없었다.

노들서 또 먹었다. 전후불각으로 취하여 의식을 완전히 잃어버려야겠어서 그랬다.

넉 달—장부답지 못하게 뒤끓던 마음이 그만하고 차츰차츰 가라앉기 시작하려는 이 철에 뭐냐 부전附箋 붙은 편지 모양으로 때와 손자국이 잔뜩 묻은 채 돌아오다니.

"요 얌채두 없는 것아 요 요 요."

나는 힘껏 고성질타高聲叱咤로 제 자신을 조소하건만도 이와 따로 밑둥 치운 대목大木 기울 듯 자분참 기우는 이 어리석지 않고 들을 소리도 없는 마음을 주체하는 방법이 없는 것이었다.

넉 달—이 동안이 결코 짧지가 않다. 한 사람의 아내가 남편을 배반하고 집을 나가 넉 달을 잠잠하였다면 아내는 그예 용서받을 자격이 없는 것이요 남편은 꿀꺽 참아서라도 용서하여서는 안 된다.

"이 천하의 공규公規를 너는 어쩌려느냐."

와서 그야말로 단죄를 달게 받아보려는 것일까.

어떤 점을 붙잡아 한 여인을 믿어야 옳을 것인가. 나는 대체 종잡을 수가 없어졌다.

하나같이 내 눈에 비치는 여인이라는 것이 그저 끝없이 경조부박輕佻浮薄한 음란한 요물에 지나지 않는 것이 없다.

생물의 이렇다는 의의를 훌떡 잃어버린 나는 환관이나 무엇이 다르랴. 산다는 것은 내게 딴은 필요 이상의 '야유'에 지나지 않는다.

그것은 무슨 한 여인에게 배반당하였다는 고만 이유로 해서 그렇다는 것 아니라 사물의 어떤 포인트로 이 믿음이라는 역학의 지점을 삼아야겠느냐는 것이 전혀 캄캄하여졌다는 것이다.

"믿다니 어떻게 믿으라는 것인구."

함부로 애제 침을 튀튀 뱉으면서 보조는 자못 어지럽고 비창한 것이었다. 술을 한 모금이라도 마시고 나면 약삭빨리 내 심경에 아첨하는 이 전신의 신경은 번번이 대담하게도 천변지이千變地異가 이 일신에 벼락치기를 바라고 바라고 하는 것이었다.

"경칠 화물자동차에나 질컥 치여 죽어버리지 그랬으면 이렇게 후덥지근헌 생활을 면허기래두 허지."
하고 주책없이 중얼거려본다. 그러나 짜장 화물자동차가 탁 앞으로 닥칠 적이면 덴겁해서 피하는 재주가 세상의 어떤 사람보다도 능히 빠르다고는 못 해도 비슷했다. 그럴 적이면 혀를 쭉 내밀어 제 자신을 조롱하였습네 하고 제 자

○

신을 속여버릇하였다.

이런 넉 달—

이런 넉 달이 지나고 어리석은 꿈을 그럭저럭 어리석은 꿈으로 돌릴 줄 알 만한 시기에 아내는 꿈을 거친 걸음걸이로 역행하여 여기 폭군의 인상으로 나타난 것이다.

○

나는 어떻게 해야 하나? 거암巨岩과 같은 불안이 공기와 호흡의 중압이 되어 덤벼든다. 나는 야행 열차와 같이 자야 옳을는지도 모른다.

추악한 화물

그예 찾아내고 말았다.

나는 안을 들여다보았다. 풀칠한 현관 유리창에 거무데데한 내 얼굴의 하이라이트가 비칠 뿐이다. 물론 아무것도 보이지는 않았다.

나는 그 자리에 주저앉고 만다. 내 바로 옆에서 한 마리의 개가 흙을 파고 있다. 드러누웠다. 혀를 내민다. 혀가 깃발같이 굽이치는 게 퍽 고단해 보였다.

—온돌방 한 칸과 '이첩간'

이렇단다. 굳게 못질을 하여놓았다. 분주하게 드나드

○　　공포의 기록　　119

는 쥐새끼들은 이 집에 관해서 아무것도 나에게 전하지 않는다.

안면 근육이 별안간 바작바작 오그라드는 것 같다. 살이 내리나 보다. 사람은 이렇게 하루에도 몇 번씩 살이 내리고 오르고 하나 보다.

―날라와야겠다, 그 오물투성이의 대화물을!

절이나 하는 듯이 '대가貸家'라 써 붙인 목패 옆에 조그마한 명함 한 장이 꽂혀 있다. 한○○, 전등료는 ○○정 ○○번지로 받으러 오시오. (거짓말 말아라) 이 한○○란 사나이도 오물투성이의 대화물을 질질 끌고 이리저리 방황했을 것이거늘―○○정이 어디쯤인가?

(거짓말 말아라)

왜 사람들은 이삿짐이란 대화물을 운반해야 할 구차 기구한 책임을 가졌나.

나는 집 뒤로 돌아가 보려 했다. 그러나 길은 곧장 온 돌방까지 뚫린 모양이다. 반 칸도 못 되는 컴컴한 부엌이 변소와 마주 붙었다. 나는 기가 막혔다. 거기도 못이 굳게 박혀 있다. 나는 기가 막혔다.

○

성격 파산 무엇 때문에? 나의 교양은 나의 생애와 다름없이 되었다. 헌 누더기 수염도 길렀다. 거리. 땅.

한 번도 아내가 나를 사랑 않는 줄 생각해본 일조차

없다. 나는 어느 틈에 고상한 국화 모양으로 금시에 수세미가 되고 말았다. 아내는 나를 버렸다. 아내를 찾을 길이 없다.

나는 아내의 구두 속을 들여다본다. 공복―절망적 공허가 나를 조롱하는 것 같다. 숨이 가빴다.

그다음에 무엇이 왔나.

적빈^{赤貧}―중요한 오물들은 집안사람들이 하나, 둘 집어내었다. 특히 더러운 상품 가치 없는 오물만이 병균같이 남아 있었다.

하룻날, 탕아는 이 처참한 현상을 내 집이라 생각하고 돌아와 보았다. 뜰 앞에 화초만이 향기롭게 피어 있다. 붉은 열매가 열린 것도 있었다. 그러나 가족들은 여지없이 변형되고 말았고, 기성^{奇聲}을 발하여 욕지거리다.

종시 나는 암말 없었다.

이미 만사가 끝났기 때문이다. 나는 혼자서 손바닥만 한 마당에 내려서서 주위를 둘러본다. 내 손때가 안 묻은 물건은 하나도 없다.

나는 책을 태워버렸다. 산적했던 서신을 태워버렸다. 그리고 나머지 나의 기념을 태워버렸다.

가족들은 나의 아내에 관해서 나에게 질문하거나 하지는 않는다. 나도 말하지 않는다.

밤이면 나는 유령과 같이 흥분하여 거리를 뚫었다. 나는 목표를 갖지 않았다. 공복만이 나를 지휘할 수 있었다. 성격의 파편―그런 것을 나는 꿈에도 돌아보려 않는다. 공허에서 공허로 말과 같이 나는 광분하였다. 술이 시작되었다. 술은 내 몸속에서 향수같이 빛났다.

바른팔이 왼팔을, 왼팔이 바른팔을 가혹하게 매질했다. 날개가 부러지고 파랗게 멍든 흔적이 남았다.

○

몹시 피곤하다. 아방궁을 준대도 움직이기 싫다. 이집으로 정해버려야겠다.

—빨리 운반해야 한다. 그 악취가 가득한 육신들을 피를 토하는 내가 헌 구루마 위에 걸레짝같이 실려가지고 운반해야 한다.

노동이다. 나에게는 생각할 여유조차 없다.

불행의 실천

나는 닭도 보았다. 또 개도 보았다. 또 소 이야기도 들었다. 또 외국서 섬 그림도 보았다. 그러나 나는 너희들에게 이 행운의 열쇠를 빌려주려고는 않는다. 내가 아니면은—보아라 좀 오래 걸렸느냐—이런 것을 만들어놓을 수는 없다.

책상다리를 하고 앉은 채 그냥 앉아 있기만 하는 것으로 어떻게 이렇게 힘이 드는지 모른다. 벽은 육중한데 외풍

은 되고 천장은 여름 모자처럼 이 방의 감춘 것을 뚜껑 젖
히고 고자질하겠다는 듯이 선뜻하다. 장판은 뼈가 저리게
하지 않으면 안절부절을 못 하게 달른다. 반닫이에 바른 색
종이는 눈으로 보는 폭탄이다.

그저께는 그끄저께보다 여위고 어저께는 그저께보다
여위고 오늘은 어저께보다 여위고 내일은 오늘보다 여월
터이고—나는 그럼 마지막에는 보숭보숭한 해골이 되고
말 것이다.

이 불쌍한 동물들에게 무슨 방법으로 죽을 먹이나. 나
는 방탕한 장판 위에 넘어져서 한없는 '죄'를 섬겼다(종사
從事). '죄'—나는 시냇물 소리에서 가을을 들었다. 마개 뽑
힌 가슴에 담을 무엇을 나는 찾았다. 그리고 스스로 달래었
다. 가만있으라고, 가만있으라고—

그러나 드디어 참다못하여 가을비가 소조하게 내리
는 어느 날 나는 화덕을 팔아서 냄비를 사고, 냄비를 팔아
서 풍로를 사고, 냉장고를 팔아서 식칼을 사고, 유리그릇을
팔아서 사기그릇을 샀다.

처음으로 먹는 따뜻한 저녁 밥상을 낯선 네 조각의 벽
이 에워쌌다. 육 원—육 원어치를 완전히 다 살기 위하여
그는 방바닥에서 섣불리 일어서거나 하지는 않았다. 언제
든지 가구와 같이 주저앉거나 서까래처럼 드러누웠거나
하였다. 식을까 봐 연거푸 군불을 때었고, 구들을 어디 흠
씬 얼궈보려고 중양이 지난 철에 사날씩 검부러기 하나 아
궁이에 안 넣었다.

나는 나의 친구들의 머리에서 나의 번지수를 지워버렸다. 아니 나의 복장까지도 말갛게 지워버렸다. 은근히 먹는 나의 조석이 게으르게 나은 육신에 만연하였다. 나의 영양의 찌꺼기가 나의 피부에 지저분한 수염을 낳았다. 나는 나의 독서를 뾰족하게 접어서 종이비행기를 만든 다음 어린아이와 같이 나의 자기自棄를 태워서 죄다 날려버렸다.

아무도 오지 마라 안 드릴 터이다. 내 이름을 부르지 마라. 칠면조처럼 심술을 내기 쉽다. 나는 이 속에서 전부를 살아버릴 작정이다. 이 속에서는 아픈 것도 거북한 것도 동에 닿지 않는 것도 아무것도 없다. 그냥 쏟아지는 것 같은 기쁨이 즐거워할 뿐이다. 내 맨발이 값비싼 향수에 질컥질컥 젖었다.

○

한 달―맹렬한 절뚝발이의 세월―그동안에 나는 나의 성격의 서막을 닫아버렸다.

두 달―발이 맞아 들어왔다.

호흡은 깨끼저고리처럼 찰싹 안팎이 달라붙었다. 탄도를 잃지 않은 질풍이 가리키는 대로 곧잘 가는 황금과 같은 절정의 세월이었다. 그동안에 나는 나의 성격을 서랍 같은 그릇에다 담아버렸다. 성격은 간 데 온 데가 없어졌다.

석 달―그러나 겨울이 왔다. 그러나 장판이 카스테라 빛으로 타들어 왔다. 얄팍한 요 한 겹을 통해서 올라오는 온기는 가히 비밀을 끄시를 만하다. 나는 마지막으로 나의 특징까지 내어놓았다. 그리고 단 한 가지 재조를 샀다. 송곳과 같은―송곳 노릇밖에 못 하는―송곳만도 못한 재조를―과연 나는 녹슨 송곳 모양으로 멋도 없고 말라버리기도 하였다

○

혼자서 나쁜 짓을 해보고 싶다. 이렇게 어둠컴컴한 방 안에 표본과 같이 혼자 단좌하여 창백한 얼굴로 나는 후회를 기다리고 있다.

―〈매일신보〉, 1937. 4. 25~5. 15.

종생기終生記

극유산호邰遺珊瑚——요 다섯 자 동안에 나는 두 자 이상의 오자를 범했는가 싶다. 이것은 나 스스로 하늘을 우러러 부끄러워할 일이겠으나 인지가 발달해가는 면목이 실로 약여하다.

죽는 한이 있더라도 이 산호 채찍을랑 꽉 쥐고 죽으리라. 네 폐포파립廢袍破笠 위에 퇴색한 망해亡骸 위에 봉황이 와 앉으리라.

나는 내 '종생기'가 천하 눈 있는 선비들의 간담을 서늘하게 해놓기를 애틋이 바라는 일념 아래 이만큼 인색한 내 맵시의 절약법을 피력하여 보인다.

일발 포성에 부득이 영웅이 되고 만 희대의 군인 모某는 아흔에 귀를 단 황송한 일생을 끝막던 날 이렇다는 유언 한마디를 지껄이지 않고 그 임종의 장면을 곧잘 (무사히 후— 한숨이 나올 만큼) 넘겼다.

그런데 우리들의 레우오치카—애칭 톨스토이—는 괴나리봇짐을 짊어지고 나선 데까지는 기껏 그럴 성싶게 꾸며가지고 마지막 오 분에 가서 그만 잡쳤다. 자지레한 유언 나부랭이로 말미암아 칠십 년 공든 탑을 무너트렸고 허울 좋은 일생에 가실 수 없는 흠집을 하나 내어놓고 말았다.

나는 일개 교활한 옵서버의 자격으로 그런 우매한 성인들의 생애를 방청하여 왔으니 내가 그런 따위 실수를 알고도 재범할 리가 없는 것이다.

거울을 향하여 면도질을 한다. 잘못해서 나는 생채기를 낸다. 나는 골을 벌컥 낸다.

그러나 와글와글 들끓는 여러 '나'와 나는 정면으로 충돌하기 때문에 그들은 제각기 베스트를 다하여 제 자신만을 변호하는 때문에 나는 좀처럼 범인을 찾아내기는 어렵다는 것이다.

그러기에 대저 어리석은 민중들은 '원숭이가 사람 흉내를 내네' 하고 마음을 놓고 지내는 모양이지만 사실 사람이 원숭이 흉내를 내고 지내는 바 지당한 전고典故를 이해하지 못하는 탓이리라.

오호라 일거수일투족이 이미 아담 이브의 그런 충동적 습관에서는 탈각한 지 오래다. 반사운동과 반사운동 틈바구니에 끼어서 잠시 실로 전광석화만큼 손가락이 자의

식의 포로가 되었을 때 나는 모처럼 내 허무한 세월 가운데 한각되어 있는 기암 내 콧잔등이를 좀 만지작만지작했다거나, 고귀한 대화와 대화 늘어선 쇠사슬 사이에도 정히 간발을 허용하는 들창이 있나니 그 서슬 퍼런 날^{刀}이 자의 식을 걷잡을 사이도 없이 양단하는 순간 나는 내 명경같이 맑아야 할 지보^{至寶} 두 눈에 혹시 눈곱이 끼지나 않았나 하는 듯이 적절하게 주름살 잡힌 손수건을 꺼내어서는 그 두 눈을 만지작만지작했다거나—

내 혼백과 사대^{四大}의 점잖은 태만성이 그런 사소한 연화^{煙火}들을 일일이 따라다니면서(보고 와서) 내 통괄되는 처소에다 일러바쳐야만 하는 그런 압도적 망쇄^{忙殺}를 나는 이루 감당해내는 수가 없다.

그러나 나는 내 지중^{至重}한 산호편을 자랑하고 싶다.

'쓰레기' '우거지'

이 구지레한 단자^{單字}의 분위기를 족하는 족히 이해하십니까.

족하는 족하가 기독교식으로 결혼하던 날 네이브 앤드 아일$^{nave and aisle}$에서 이 '쓰레기' '우거지'에 근이^{近邇}한 감흥을 맛보았으리라고 생각이 되는데 과연 그렇지는 않으십니까.

나는 그런 '쓰레기'나 '우거지' 같은 테이프를—내 종생기 처처에다 가련히 심어놓은 자지레한 치레를 위하여—뿌려보려는 것인데—

다행히 박수하다. 이상^{以上}.

'치사^{侈奢}한 소녀는', '해동기의 시냇가에 서서', '입술 이 낙화 지듯 좀 파래지면서', '박빙 밑으로는 무엇이 저리 도 움직이는가', '고개를 갸웃거리는 듯이 숙이고 있는 데', '봄 운기를 품은 훈풍이 불어와서', '스커트', 아니 아 니, '너무나'. 아니, 아니, '좀', '슬퍼 보이는 홍발^{紅髮}을 건드 리면' 그만. 더 아니다. 나는 한마디 가련한 어휘를 첨가할 성의를 보이자.

'나붓나붓.'

이만하면 완비된 장치에 틀림없으리라. 나는 내 종생 기의 서장을 꾸밀 그 소문 높은 산호편을 더 여실히 하기 위하여 위와 같은 실로 나로서는 너무나 과람이 치사스럽 고 어마어마한 세간살이를 장만한 것이다.

그런데—

혹 지나치지나 않았나. 천하에 형안^{炯眼}이 없지 않으 니까 너무 금칠을 아니 했다가는 서툴리 들킬 염려가 있 다. 허나—

그냥 어디 이대로 써^用보기로 하자.

나는 지금 가을바람이 자못 소슬한 내 구중중한 방에 홀로 누워 종생하고 있다.

어머니 아버지의 충고에 의하면 나는 추호의 틀림도 없는 만 이십오 세와 십일 개월의 '홍안 미소년'이라는 것 이다. 그렇건만 나는 확실히 노옹이다. 그날 하루하루가

'인생은 짧고 예술은 기다랗다' 하는 엄청난 평생이다.

나는 날마다 운명하였다. 나는 자던 잠—이 잠이야말로 언제 시작한 잠이더냐—을 깨면 내 통절한 생애가 개시되는데 청춘이 여지없이 탕진되는 것은 이불을 푹 뒤집어쓰고 누웠지만 역력히 목도한다.

나는 노래^{老來}에 빈한한 식사를 한다. 열두 시간 이내에 종생을 맞이하고 그리고 할 수 없이 이리 궁리 저리 궁리 유언다운 어디 유실되어 있지 않나 하고 찾고, 찾아서는 그중 의젓스러운 놈으로 몇 추린다.

그러나 고독한 만년 가운데 한 구의 에피그램을 얻지 못하고 그대로 처참히 나는 물고하고 만다.

일생의 하루—

하루의 일생은 대체 (위선) 이렇게 해서 끝나고 끝나고 하는 것이었다.

자— 보아라.

이런 내 분장^{扮裝}은 좀 과하게 치사스럽다는 느낌은 없을까, 없지 않다.

그러나 위풍당당 일세를 풍미할 만한 참신무비^{斬新無比}한 햄릿(망언다사^{妄言多謝})을 하나 출세시키기 위하여는 이만한 출자는 아끼지 말아야 하지 않을까 하는 느낌도 없지 않다.

나는 가을. 소녀는 해동기.

언제나 이 두 사람이 만나서 즐거운 소꿉장난을 한번 해보리까.

나는 그해 봄에도—

부질없는 세상이 스스러워서 상설霜雪 같은 위엄을 갖춘 몸으로 한심한 불우의 일월을 맞고 보내지 않으면 안되었다.

미문美文, 미문, 애아曖呀! 미문.

미문이라는 것은 적이 조처하기 위험한 수작이니라.

나는 내 감상의 꿀방구리 속에 청산 가던 나비처럼 마취혼사痲醉昏死하기 자칫 쉬운 것이다. 조심조심 나는 내 맵시를 고쳐야 할 것을 안다.

나는 그날 아침에 무슨 생각에서 그랬던지 이를 닦으면서 내 작성 중에 있는 유서 때문에 끙끙 앓았다.

열세 벌의 유서가 거의 완성해가는 것이었다. 그러나 그 어느 것을 집어내 보아도 다 같이 서른여섯 살에 자수自殊한 어느 '천재'가 머리맡에 놓고 간 개세蓋世의 일품逸品의 아류에서 일보를 나서지 못했다. 내게 요만 재주밖에는 없느냐는 것이 다시없이 분하고 억울한 사정이었고 또 초조의 근원이었다. 미간을 찌푸리되 가장 고매한 얼굴은 지속해야 할 것을 잊어버리지 않고 그리고 계속하여 끙끙 앓고 있노라니까 (나는 일시 일각을 허송하지는 않는다. 나는 없는 지혜를 끊이지 않고 쥐어짠다) 속달 편지가 왔다. 소녀에게서다.

선생님! 어제저녁 꿈에도 저는 선생님을 만나 뵈었습니다. 꿈 가운데 선생님은 참 다정하십니다. 저를 어린애처럼 귀여워해 주십니다.

그러나 백일 아래 표표하신 선생님은 저를 부르시지
않습니다.

비굴이라는 것이 무슨 빛으로 되어 있나 보시려거든
선생님은 거울을 한번 보아보십시오. 거기 비치는 선생님의
얼굴빛이 바로 비굴이라는 것의 빛입니다.

헤어진 부인과 삼 년을 동거하시는 동안에 너 가거라
소리를 한마디도 하신 일이 없다는 것이 선생님의 유일의
자만이십니다그려! 그렇게까지 선생님은 인정에 구구하신
가요.

R과도 깨끗이 헤어졌습니다. S와도 절연한 지 벌써 다
섯 달이나 된다는 것은 선생님께서도 믿어주시는 바지요?
다섯 달 동안 저에게는 아무것도 없습니다. 저의 청절清節을
인정해주시기 바랍니다.

저의 최후까지 더럽히지 않은 것을 선생님께 드리겠
습니다. 저의 희멀건 살의 매력이 이렇게 다섯 달 동안이나
놓고 없는 것은 참 무엇이라고 말할 수 없이 아깝습니다. 저
의 잔털 나스르르한 목 영한 온도가 선생님을 기다리고 있
습니다. 선생님이여! 저를 부르십시오. 저더러 영영 오라는
말을 안 하시는 것은 그것 역시 가실 적 경우와 똑같은 이
론에서 나온 구구한 인생 변호의 치사스러운 수법이신가
요?

영원히 선생님 '한 분'만을 사랑하지요. 어서어서 저
를 전적으로 선생님만의 것을 만들어주십시오. 선생님의

○

'전용'이 되게 하십시오.

제가 아주 어수룩한 줄 오산하고 계신 모양인데 오산
치고는 좀 어림없는 큰 오산이리다.

네 딴은 제법 든든한 줄만 믿고 있는 네 그 안전지대
라는 것을 너는 아마 하나 가진 모양인데 그까짓 것쯤 내
말 한마디에 사태가 나고 말리라, 이렇게 일러드리고 싶습
니다. 또—

예끼! 구역질나는 인생 같으니 이러고도 싶습니다.

삼월 삼일 날 오후 두 시에 동소문 버스정류장 앞으로
꼭 와야 되지 그렇지 않으면 큰일 나요. 내 징벌을 안 받지
못하리다.

만 십구 세 이 개월을 맞이하는

정희貞姬 올림

이상 선생님께

물론 이것은 죄다 거짓부렁이다. 그러나 그 일촉즉발
의 아슬아슬한 용심법用心法이 특히 그중에도 결미의 비견할
데 없는 청초함이 장히 질풍신뢰를 품은 듯한 명문이다.

나는 까무러칠 뻔하면서 혀를 내어둘렀다. 나는 깜빡
속기로 한다. 속고 만다.

여기 이 이상 선생님이라는 허수아비 같은 나는 지난
밤 사이에 내 평생을 경력했다. 나는 드디어 쭈글쭈글하게
노쇠해 버렸던 차에 아침(이 온 것)을 보고 이키! 남들이

보는 데서는 나는 가급적 어쭙지않게 (잠을) 자야 되는 것
이거늘, 하고 늘 이를 닦고 그러고는 도로 얼른 자버릇하는
것이었다. 오늘도 또 그럴 셈이었다.

사람들은 나를 보고 짐짓 기이하기도 해서 그러는지
경천동지의 육중한 경륜을 품은 사람인가 보다고들 속는
다. 그러니까 그렇게 하는 것이 내 시시한 자세나마 유지시
킬 수 있는 유일무이의 비결이었다. 즉 나는 남들 좀 보라
고 낮에 잔다.

그러나 그 편지를 받고 흔희작약欣喜雀躍, 나는 개세의
경륜과 유서의 고민을 깨끗이 씻어버리기 위하여 바로 이
발소로 갔다. 나는 여간 아니 호걸답게 입술에다 치분을 허
옇게 묻혀가지고는 그 현란한 거울 앞에 가 앉아 이제 호
화장려하게 개막하려 드는 내 종생을 유유히 즐기기로 거
기 해당하게 내 맵시를 수습하는 것이었다.

우선 그 작소鵲巢, 까치집라는 뇌명雷名까지 있는 봉발을
썰어서 상고머리라는 것을 만들었다. 오각수는 깨끗이 도
태해버렸다. 귀를 우비고 코털을 다듬었다. 안마도 했다.
그리고 비누 세수를 한 다음 문득 거울을 들여다보니 품
있는 데라고는 한 귀퉁이도 없어 보이는 듯하면서 또한 태
생을 어찌 어기리요, 좋도록 말해서 라파엘 전파 일원같이
그렇게 청초한 백면서생이라고도 보아줄 수 있지 하고 실
없이 제 얼굴을 미남자거니 고집하고 싶어 하는 구지레한
욕심을 내심 탄식하였다.

아차! 나에게도 모자가 있다. 겨우내 꾸겨 박질러두었

던 것을 부득부득 ꟷ집어내었다. 십오 분간 세탁소로 가지고 가서 멀쩡하게 만들었다. 그리고 흰 바지저고리에 고동색 대님을 다 치고 차림차림이 제법 이색이 있다. 공단은 못 되나마 능직 두루마기에 이만하면 고왕금래 모모한 천재의 풍모에 비겨도 조금도 손색이 없으리라. 나는 내 그런 여간 이만저만하지 않은 풍모를 더욱더욱 이만저만하지 않게 모디파이어modifier하기 위하여 가늘지도 굵지도 않은 그다지 알맞은 단장을 하나 내 손에 쥐여주어야 할 것도 때마침 잊어버리지는 않았다.

별수 없이―

오늘이 즉 삼월 삼일인 것이다.

나는 점잖게 한 삼십 분쯤 지각해서 동소문 지정받은 자리에 도착하였다. 정희는 또 정희대로 아주 정희답게 한 삼십 분쯤 일찍 와서 있다.

정희의 입상은 제정 러시아적 우표딱지처럼 적잖이 슬프다. 이것은 아직도 얼음을 품은 바람이 해토머리답게 싸늘해서 말하자면 정희의 모양을 얼마간 침통하게 해 보인 탓이렷다.

나는 이런 경우에 천만뜻밖에도 눈물이 핑 눈에 그득 돌아야 하는 것이 꼭 맞는 원칙으로서의 의표가 아닐까 그렇게 생각하면서 저벅저벅 정희 앞으로 다가갔다.

우리 둘은 이 땅을 처음 찾아온 제비 한 쌍처럼 잘 앙증스럽게 만보하기 시작했다. 걸어가면서도 나는 내 두루마기에 잡히는 주름살 하나에도, 단장을 한번 휘젓는 곡절에도 세세히 조심한다. 나는 말하자면 내 우연한 종생을 감쪽스럽도록 찬란하게 허식虛飾하기 위하여 내 박빙을 밟는 듯한 포즈를 아차 실수로 무너트리거나 해서는 절대로 안 된다는 것을 굳게굳게 명하고 있는 까닭이다.

그러면 맨 처음 발언으로는 나는 어떤 기절참절奇絶慘絶한 경구를 내어놓아야 할 것인가, 이것 때문에 또 잠깐 머뭇머뭇하지 않을 수도 없었지만 그렇다고 바로 대고 거 어쩌면 그렇게 똑 제정 러시아적 우표딱지같이 초초하니 어쩌니 하는 수는 차마 없다.

나는 선뜻

"설마가 사람을 죽이느니."

하는 소리를 저 뱃속에서부터 우러나오는 듯한 그런 가라앉은 목소리에 꽤 명료한 발음을 얹어서 정희 귀 가까이다 대고 지껄여버렸다. 이만하면 아마 그 경우의 최초의 발성으로는 무던히 성공한 편이리다. 뜻인즉, 네가 오라고 그랬다고 그렇게 내가 불쑥 올 줄은 너 꿈에도 생각하지 못했으리라는 꼼꼼한 의도다.

나는 아침 반찬으로 콩나물을 삼 전어치는 안 팔겠다는 것을 교묘히 무사히 삼 전어치만 살 수 있는 것과 같은 미끈한 쾌감을 맛본다. 내 딴은 다행히 노랑돈 한 푼도 참용하게 낭비하지는 않은 듯싶었다.

그러나 그런 내 청천에 벽력이 떨어진 것 같은 인사에 대하여 정희는 실로 대답이 없다. 이것은 참 큰일이다.

아이들이 고추 먹고 맴맴 담배 먹고 맴맴 하고 노는

그런 암팡진 수단으로 그냥 단번에 나를 어지러트려서는 넘어트려 버릴 작정인 모양이다.

정말 그렇다면!

이 상쾌한 정희의 확호 부동자세야말로 엔간치 않은 출품이 아닐 수 없다. 내가 내어놓은바 살인촌철殺人寸鐵은 그만 즉석에서 분쇄되어 가엾은 부작不作으로 내려 떨어지고 마는 것이다 하고 나는 느꼈다.

나는 나로서 할 수 있는 가장 큰 규모의 손짓 발짓을 한번 해 보이고 이윽고 낙담하였다는 것을 표시하였다. 일이 여기 이른 바에는 내 포즈 여부가 문제 아니다. 표정도 인제 더 써먹을 것이 남아 있을 성싶지도 않고 해서 나는 겸연쩍게 안색을 좀 고쳐가지고 그리고 정희! 그럼 나는 가겠소, 하고 깍듯이 인사하고 그리고?

나는 발길을 돌쳐서 집을 향해 걷기 시작했다. 내 파란만장의 생애가 자자레한 말 한마디로 하여 그만 회신灰燼으로 돌아가고 만 것이다. 나는 세상에도 참혹한 풍채 아래서 내 종생을 치른 것이다고 생각하면서 그렇다면 그럼 그럴 성싶기도 하게 단장도 한두 번 휘두르고 입도 좀 일기죽일기죽 해보기도 하고 하면서 행차하는 체 해 보인다.

오 초— 십 초— 이십 초— 삼십 초— 일 분—

결코 뒤를 돌아다보거나 해서는 못쓴다. 어디까지든지 사심 없이 패배한 체하고 걷는 체한다. 실심한 체한다.

나는 사실은 좀 어지럽다. 내 쇠약한 심장으로는 이런 자약自若한 체조를 그렇게 장시간 계속하기가 썩 어려운 것이다.

묘지명이라. 일세의 귀재 이상은 그 통생의 대작 〈종생기〉 일 편을 남기고 서력 기원후 일천구백삼십칠년 정축 삼월 삼일 미시 여기 백일 아래서 그 파란만장(?)의 생애를 끝막고 문득 졸하다. 향년 만 이십오 세와 십일 개월. 오호라! 상심 크다. 허탈이야 잔존하는 또 하나의 이상 구천을 우러러 호곡하고 이 한산寒山 일편석一片石을 세우노라. 애인 정희는 그대의 몰후 수삼 인의 비첩 된 바 있고 오히려 장수하니 지하의 이상아! 바라건댄 명목하라.

그리 칠칠치는 못하나마 이만큼 해가지고 이 꼴 저 꼴 구지레한 흠집을 살짝 도회하기로 하자. 고만 실수는 여상의 묘기로 겸사겸사 메꾸고 다시 나는 내 반생의 진용陣容 후일에 관해 차근차근 고려하기로 한다. 이상以上.

역대의 에피그램과 경국傾國의 철칙이 다 내게 있어서는 내 위선을 암장하는 한 스무드한 구실에 지나지 않는다. 실로 나는 내 낙명落命의 자리에서도 임종의 합리화를 위하여 코로Jean-Baptiste-Camille Corot처럼 도색의 팔레트를 볼 수도 없거니와 톨스토이처럼 탄식해주고 싶은 쥐꼬리만 한 금언의 추억도 가지지 않고 그냥 난데없이 다리를 삐어 넘어지듯이 스르르 죽어가리라.

거룩하다는 칭호를 휴대하고 나를 찾아오는 '연애'라는 것을 응수하는 데 있어서도 어디서 어떤 노소간의 의뭉스러운 선인들이 발라먹고 내어버린 그런 유훈遺訓을 나는 헐값에 거둬들여다가는 제런 재탕 다시 써먹는다.

는 줄로만 알았다가도 또 내게 혼나는 경우가 있으리라.

나는 찬밥 한술 냉수 한 모금을 먹고도 넉넉히 일세를 위압할 만한 '고언^{苦言}'을 적적^{摘摘}할 수 있는 그런 지혜의 실력을 가졌다.

그러나 자의식의 절정 위에 발돋움을 하고 올라선 단말마의 비결을 보통 야시^{夜市} 국수버섯을 팔러 오신 시골 아주머네에게 서너 푼에 그냥 넘겨주고 그만두는 그렇게까지 자신의 에티켓을 미화시키는 겸허의 방식도 또한 나는 무루^{無漏}히 터득하고 있는 것이다. 당목할지어다. 이상^{以上}.

난마^{亂麻}와 같이 갈피를 잡을 수 없는 얼마간 비극적인 자기 탐구.

이런 흙발 같은 남루한 주제는 문벌이 버젓한 나로서 채택할 신세가 아니거니와 나는 태서^{泰西, 서양}의 에티켓으로 차 한 잔을 마실 적의 포즈에 대하여도 세심하고 세심한 용의가 필요하다.

휘파람 한 번을 분다 치더라도 내 극비리에 정선^{精選} 은닉된 절차를 온고하여야만 한다. 그런 다음이 아니고는 나는 희망 잃은 황혼에서도 휘파람 한마디를 마음대로 불 수는 없는 것이다.

동물에 대한 고결한 지식?

사슴, 물오리, 이 밖의 어떤 종류의 동물도 내 애니멀 킹덤에서는 낙탈^{落脫}되어 있어야 한다. 나는 이 수렵용으로 귀여이 가엾이 되어 먹어 있는 동물 외의 동물에 언제든지 무가내하로 무지하다.

또—

그럼 풍경에 대한 오만한 처신법?

어떤 풍경을 묻지 않고 풍경의 근원, 중심, 초점이 말하자면 나 하나 '도련님'다운 소행에 있어야 할 것을 방약무인으로 강조한다. 나는 이 맹목적 신조를 두 눈을 그대로 딱 부르감고 믿어야 된다.

자진한 '우매', '몰각'이 참 어렵다.

보아라. 이 자득하는 우매의 절기絶技를! 몰각의 절기를.

백구白鷗는 의백사宜白沙하니 막부춘초벽莫赴春草碧하라.

이태백. 이 전후만고前後萬古의 으리으리한 '화족華族'. 나는 이태백을 닮기도 해야 한다. 그러기 위하여 오언절구 한 줄에서도 한 자가량의 태연자약한 실수를 범해야만 한다. 현란한 문벌이 풍기는 가히 범할 수 없는 기품과 세도가 넉넉히 고시 한 절쯤 서슴지 않고 생채기를 내어놓아도 다들 어수룩한 체들 하고 속으니 하는 교만한 미신이다.

곱게 빨아서 곱게 다리미질을 해놓은 한 벌 슈미즈에 꼬빡 속는 청절처럼 그렇게 아담하게 나는 어떠한 질차跌蹉에서도 거뜬하게 얄미운 미소와 함께 일어나야만 하는 것이니까.

오늘날 내 한 씨족이 분명치 못한 소녀에게 섣불리 딴죽을 걸러 넘어진다기로서니 이대로 내 숙망의 호화유려한 종생을 한 방울 하잘것없는 오점을 내는 채 투시投匙해서야 어찌 초지初志의 만일에 응답할 수 있는 면목이 족히 서겠는가, 하는 허울 좋은 구실이 영일永日 밤보다도 오히려 한 뼘 짧은 내 전정에 대두하기 시작하는 것이었다.

완만 착실한 서술!

나는 과히 눈에 띠울 성싶지 않은 한 지점을 재재바르게 붙들어서 거기서 공중 담배를 한 갑 사 (주머니에 넣고) 피워 물고 정희의 뻔—한 걸음을 다시 뒤따랐다.

나는 그저 일상의 다반사를 간과하듯이 범연하게 휘파람을 불고 내, 구두 뒤축이 아스팔트를 디디는 템포 음향, 이런 것들의 귀찮은 조절에도 깔끔히 정신 차리면서 넉넉잡고 삼 분, 다시 돌친 걸음은 정희와 어깨를 나란히 걸을 수 있었다. 부질없는 세상에 제 심각하면 침통하면 또 어쩌겠느냐는 듯싶은 서운한 눈의 위치를 동소문 밖 신개지 풍경 어디라고 정치 않은 한 점에 두어두었으니 보라는 듯한 부득부득 지근거리는 자세면서도 또 그렇지도 않을 성싶은 내 묘기 중에도 묘기를 더한층 허겁지겁 연마하기에 골똘하는 것이었다.

일모日暮 청산—

날은 저물었다. 아차! 아직 저물지 않은 것으로 하는 것이 좋을까 보다.

날은 아직 저물지 않았다.

그러면 아까 장만해둔 세간 기구를 내세워 어디 차근차근 살림살이를 한번 치러볼 천우의 호기가 배 앞으로 다다랐나 보다. 자—

태생은 어길 수 없어 비천한 '티'를 감추지 못하는 딸—(전기前記 치사侈奢한 소녀 운운은 어디까지든지 이 바보 이상李箱의 호의에서 나온 곡해다. 모파상의 〈지방 덩어리〉〈비곗덩어리〉를 생각하자. 가족은 미만 십사 세의 딸에게 매음시켰다. 두 번째는 미만 십구 세의 딸이 자진했다. 아— 세 번째는 그 나이 스물두 살이 되던 해 봄에 얹은 낭자를 내리고 게다 다홍 댕기를 들여 늘어트려 편발 처자를 위조하여서는 대거하여 강행으로 매낏賣喫하여버렸다)

비천한 뉘 집 딸이 해빙기의 시냇가에 서서 입술이 낙화 지듯 좀 파래지면서 박빙 밑으로는 무엇이 저리도 움직이는가고 고개를 갸웃거리는 듯이 숙이고 있는데 봄 방향芳香을 품은 훈풍이 불어와서 스커트, 아니 너무나, 슬퍼 보이는, 아니, 좀 슬퍼 보이는 홍발을 건드리면—

좀 슬퍼 보이는 홍발을 나붓나붓 건드리면—

여상如上이다. 이 개기름 도는 가소로운 무대를 앞에 두고 나는 나대로 나답게 가문이라는 자지레한 '투'는 어떤 일이 있더라도 잊어버리지 않고 채석장 희멀건 단층을 건너다보면서 탄식 비슷이,

"지구를 저며내는 사람들은 역시 자연 파괴자리라."

는 둥,

"개아미집이야말로 과연 정연하구나."

라는 둥,

"비가 오면, 아— 천하에 비가 오면."

"작년에 났든 초목이 올해에도 또 돋으려누, 귀불귀歸

不歸란 무엇인가."

라는 둥—

치레 잘하면 제법 의젓스러워도 보일 만한 가장 한산한 과제로만 골라서 점잖게 방심해 보여놓는다.

정말일까? 거짓말일까. 정희가 불쑥 말을 한다. 한 소리가 "봄이 이렇게 왔군요" 하고 윗니는 좀 사이가 벌어져서 보기 흉한 듯하니까 살짝 가리고 곱다고 자처하는 아랫니를 보이지 않으려고 했지만 부지불식간에 그렇게 내어다 보인 것을 또 어쩝니까 하는 듯싶이 가증하게 내어 보이면서 또 여간해서 어림이 서지 않는 어중간 얼굴을 그 위에 얹어 내세우는 것이었다.

좋아, 좋아, 좋아, 그만하면 잘되었어.

나는 고개 대신에 단장을 끄떡끄떡해 보이면서 창졸간에 그만 정희 어깨 위에다 손을 얹고 말았다.

그랬더니 정희는 적이 해괴해 하노라는 듯이 잠시는 묵묵하더니—

정희도 문벌이라든가 혹은 간단히 말해 에티켓이라든가 제법 배워서 짐작하노라고 속삭이는 것이 아닌가.

꿀꺽!

넘어가는 내 지지한 종생, 이렇게도 실수가 허荒해서야 물화物貨적 전 생애를 탕진해가면서 사수하여온 산호편의 본의가 대체 어디 있느냐? 내내 울화가 복받쳐 혼도할 것 같다.

흥천사興天寺 으슥한 구석방에 내 종생의 갈력竭力이 정

희를 이끌어 들이기도 전에 나는 밤 쓸쓸히 거짓말깨나 해 놓았나 보다.

나는 내가 그윽이 음모한바 천고불역千古不易의 탕아, 이상의 자지레한 문학의 빈민굴을 교란시키고자 하던 가지가지 진기한 연장이 어느 겨를에 빼물르기 시작한 것을 여기서 깨달아야 되나 보다. 사회는 어떠쿵, 도덕이 어떠쿵, 내면적 성찰 추구 적발 징벌은 어떠쿵, 자의식 과잉이 어떠쿵, 제 깜냥에 번지레한 칠을 해내어 걸은 치사스러운 간판들이 미상불 우스꽝스럽기가 그지없다.

'독화毒花.'

족하는 이 꼭두각시 같은 어휘 한마디를 잠시 맡아가지고 계셔보구려?

예술이라는 허망한 아궁이 근처에서 송장 근처에서보다도 한결 더 썰썰 기고 있는 그들 해반주그레한 사도死都의 혈족들 맷국 내 나는 틈에 가 끼기어서, 나는―

내 계집의 치마 단속곳을 갈가리 찢어놓았고, 버선 켤레를 걸레를 만들어놓았고, 검던 머리에 곱든 양자, 영악한 곰의 발자국이 질컥 디디고 지나간 것처럼 얼굴을 망가트려 놓았고, 지기知己 친척의 돈을 뭉청 떼어먹었고, 좌수 터 유래 깊은 상호를 쑥밭을 만들어놓았고, 겁쟁이 취리자取利者는 고랑때골탕를 먹여놓았고 대금업자의 수금인을 졸도시켰고, 사장과 취체역과 사돈과 아범과 아비와 처남과 처제와 또 아비와 아비의 딸과 딸이 허다 중생으로 하여금 서로서로 이간을 붙이고 붙이게 하고 얼버무려져 싸움질을 하게 해놓았고, 사글셋방 새 다다미에 잉크와 요강과 팥죽을 엎질렀고, 누구누구를 임포텐스^{impotence}를 만들어놓았고—

'독화'라는 말의 콕 찌르는 맛을 그만하면 어렴풋이나마 어떻게 짐작이 서는가 싶소이까.

잘못 빚은 증편 같은 시 몇 줄 소설 서너 편을 꿰차고 조촐하게 등장하는 것을 아 무엇인 줄 알고 깜빡 속고 섣불리 손뼉을 한두 번 쳤다는 죄로 제 계집 간음 당한 것보다도 더 큰 망신을 일신에 짊어지고 그러고는 앙탈 비슷이 시치미를 떼지 않으면 안 되는 어디까지든지 치사스러운 예의 절차— 마귀(터주가)의 소행(덧났다)이라고 돌려버리자?

'독화.'

물론 나는 내일 새벽에 내 길든 노상에서 무려 내게 필적하는 한 숨은 탕아를 해후할는지도 마치 모르나, 나는 신바람이 난 무당처럼 어깨를 치켰다 졎혔다 하면서라도 풍마우세^{風磨雨洗}의 고행을 얼른 그렇게 쉽사리 그만두지는 않는다.

아— 어쩐지 전신이 몹시 가렵다. 나는 무연한 중생의 뭇 원한 탓으로 악역의 범함을 입나 보다. 나는 은근히 속으로 앓으면서 토일렛^{toilet} 정한 대야에다 양손을 정하게 씻은 다음 내 자리로 돌아와 앉아 차근차근 나 자신을 반성 회오—쉬운 말로 자자레한 세음을 좀 놓아보아야겠다.

에티켓? 문벌? 양식? 번신술^{翻身術}?

그렇다고 내가 찔끔 정희 어깨 위에 얹었던 손을 뚝 뗀다든지 했다가는 큰 망발이다. 일을 잡치리라. 어디까지든지 내 뺨의 홍조만을 조심하면서 좋아, 좋아, 좋아, 그래만 주면 된다. 그러고 나서 피차 다 알아들었다는 듯이 어깨에 손을 얹은 채 어깨를 나란히 홍천사 경내로 들어갔다. 가서 길을 별안간 잃어버린 것처럼 자분참 산 위로 올라가 버린다. 산 위에서 이번에는 정말 포즈를 하릴없이 무너트렸다는 것처럼 정교하게 머뭇머뭇해준다. 그러나 기실 말짱하다.

풍경 소리가 똑 알맞다. 이런 경우에는 제법 번듯한 식자가 있는 사람이면—

아— 나는 왜 늘 항례恒例에서 비켜서려 드는 것일까? 잊었느냐? 비싼 월사月謝를 바치고 얻은 고매한 학문과 예절을.

현역 육군 중좌에게서 받은 추상열일의 훈육을 왜 나는 이 경우에 버젓하게 내세우지를 못하느냐?

창연한 고찰 유루遺漏 없는 장치에서 나는 정신 차려야 한다. 나는 내 쟁쟁한 이력을 솔직하게 써먹어야 한다. 나는 고개를 숙이고 담배를 한 대 피워 물고 도장屠場에 들어가는 소, 죽기보다 싫은 서투르고 근질근질한 포즈 체모 독주體貌獨奏에 어지간히 성공해야만 한다.

그랬더니 그만두잔다. 당신의 그 어림없는 몸치렐랑 그만두세요. 저는 어지간히 식상이 되었습니다 한다.

그렇다면?

내 꾸준한 노력도 일조일석에 수포로 돌아가는 것이 아닌가.

대체 정희라는 가련한 '석녀石女'가 제 어떤 재간으로 그런 음흉한 내 간계를 요만큼까지 간파했다는 것이다.

일시에 기진한다. 맥은 탁 풀리고는 앞이 팽 돌다 아찔하는 것이 이러다가 까무러치려나 보다고 극력 단장을 의지하여 버텨보노라니까 희라! 내 기사회생의 종생도 이번만은 회춘하기 장히 어려울 듯싶다.

이상! 당신은 세상을 경영할 줄 모르는 말하자면 병신이오. 그다지도 '미혹'하단 말씀이오? 건너다보니 절터지요? 그렇다 하더라도 《카라마조프의 형제》나 《사십 년》을 좀 구경 삼아 들러보시지요.

아니지! 정희! 그게 뭐냐 하면 나도 살고 있어야 하겠으니 너도 살자는 사기, 속임수, 일부러 만들어 내어놓은 미신, 중에도 가장 우수한 무서운 주문이오.

이상! 그러지 말고 시험 삼아 한 발만 한 발자국만 저 개흙밭에다 들여놓아 보시지요.

이 악보같이 스무드한 담소 속에서 비칠비칠하노라면 나는 내게 필적하는 천의무봉의 탕아가 이 목첩간에 있는 것을 느낀다. 누구나 제 내어놓았던 협수룩한 포즈를 걷어치우느라고 허겁지겁들 할 것이다. 나도 그때 내 슬하의 이렇게 유산되는 자손을 느끼면서 만재萬載에 드리우는 이 극흉극비極凶極秘 종가宗家의 부작符作을 앞에 놓고서 적이 불안하게 또 한편으로는 적이 안일하게 운명하는 마지막 낙

백魄의 이 내 종생을 애오라지 방불히 하는 것이었다.

나는 내 분묘 될 만한 조촐한 터전을 찾는 듯한 그런 서글픈 마음으로 정희를 재촉하여 그 언덕을 내려왔다. 등 뒤에 들리는 풍경 소리는 진실로 내 심통함을 돕는 듯하다고 사자寫字하면 정경을 한층 더 반듯하게 매만져놓는 한 도움이 되리라. 그럼 진실로 풍경 소리는 내 등 뒤에서 내 마지막 심통함을 한층 더 들볶아놓는 듯하더라.

미문美文에 견줄 만큼 위태위태한 것이 절승絶勝에 혹사酷似한 풍경이다. 절승에 혹사한 풍경을 미문으로 번안 모사해놓았다면 자칫 실족 익사하기 쉬운 웅덩이나 다름없는 것이니 첨위僉位는 아예 가까이 다가서서는 안 된다. 도스토옙스키나 고리키는 미문을 쓰는 버릇이 없는 체했고 또 황량 아담한 경치를 '취급'하지 않았으되 이 의뭉스러운 어른들은 오직 미문은 쓸 듯 쓸 듯, 절승경개絶勝景槪는 나올 듯 나올 듯해만 보이고 끝끝내 아주 활짝 꼬랑지를 내보이지는 않고 그만둔 구렁이 같은 분들이기 때문에 그 기만술은 한층 더 진보된 것이며, 그런 만큼 효과가 또 절대하여 천년을 두고 만년을 두고 내리내리 부질없는 위무를 바라는 중속衆俗들을 잘 속일 수 있는 것이다. 그러나—

왜 나는 미끈하게 솟아 있는 근대 건축의 위용을 보면서 먼저 철근 철골, 시멘트와 세사細沙, 이것부터 선뜩하니 감응하느냐는 말이다. 씻어버릴 수 없는 숙명의 호곡號哭, 몽고레안푸렉게蒙古癩, 몽고반점 오뚝이처럼 쓰러져도 일어나고 쓰러져도 일어나고 하니 쓰러지나 섰으나 마찬가지 의지할 얄팍한 벽 한 조각 없는 고독, 고고枯槁, 독개獨介, 초초楚楚.

나는 오늘 대오한 바 있어 미문을 피하고 절승의 풍광을 격하여 소조하게 왕생하는 것이며 숙명의 슬픈 투시벽은 깨끗이 벗어놓고 온아종용溫雅慫慂, 외로우나마 따뜻한 그늘 아래서 실명失命하는 것이다.

의료意料하지 못한 이 훌훌한 '종생' 나는 요절인가 보다. 아니 중세최절中世摧折인가 보다, 이길 수 없는 육박肉迫, 눈먼 떼까마귀의 매리罵詈 속에서 탕아 중에도 탕아, 술객 중에도 술객 이 난공불락의 관문의 괴멸, 구세주의 최후연最後然히 방방곡곡이 독여는 삼투하는 장식 중에도 허식의 표백이다. 출색出色의 표백이다.

내부乃父가 있는 불의. 내부가 없는 불의. 불의는 즐겁다. 불의의 주가나락酒價落落한 풍미를 족하는 아시나이까. 윗니는 좀 잇새가 벌고 아랫니만이 고운 이 한경漢鏡같이 결함의 미를 갖춘 감쪽스럽게 시치미를 뗄 줄 아는 얼굴을 보라. 칠 세까지 옥잠화 속에 감춰두었던 장분만을 바르고 그 후 분을 바른 일도 세수를 한 일도 없는 것이 유일의 자랑거리. 정희는 사팔뜨기다. 이것은 무엇으로도 대항하기 어렵다. 정희는 근시 육 도다. 이것은 무엇으로도 대항할 수 없는 선천적 훈장이다. 좌 난시 우 색맹 아— 이는 실로 완벽이 아니면 무엇이랴.

속은 후에 또 속았다. 또 속은 후에 또 속았다. 미만 십사 세에 정희를 그 가족이 강행으로 매춘시켰다. 나는 그런 줄만 알았다. 한 방울 눈물—

그러나 가족이 강행하였을 때쯤은 정희는 이미 자진하여 매춘한 후 오래오래 후다. 당홍 댕기가 늘 정희 등에서 나부꼈다. 가족들은 불의에 올 재앙을 막아줄 단 하나값나가는 다홍 댕기를 기탄없이 믿었건만—

그러나—

불의는 귀인답고 참 즐겁다. 간음한 처녀—이는 불의 중에도 가장 즐겁지 않을 수 없는 영원의 밀림이다.

그럼 정희는 게서 멈추나?

나는 자기소개를 한다. 나는 정희에게 분모分毛를 지기 싫기 때문에 잔인한 자기소개를 하는 것이다.

나는 벼稲를 본 일이 없다. 자전거를 탈 줄 모른다. 생년월일을 가끔 잊어버린다. 구십 노조모가 이팔소부二八少婦로 어느 하늘에서 시집온 십대조의 고성을 내 손으로 헐었고 녹엽 천년의 호두나무 아름드리 근간을 내 손으로 베었다. 은행나무는 원통한 가문을 골수에 지니고 찍혀 넘어간 뒤 장장 사 년 해마다 봄만 되면 독시毒矢 같은 싹이 엄돋는 것이었다.

나는 그러나 이 모든 것에 견뎠다. 한번 석류나무를 휘어잡고 나는 폐허를 나섰다.

조숙 난숙 감 썩는 골머리 때리는 내. 생사의 기로에서 완이이소莞爾而笑 표한무쌍剽悍無雙의 척구瘠軀 음지에 창백한 꽃이 피었다.

나는 미만 십사 세 적에 수채화를 그렸다. 수채화와 파과破瓜. 보아라 목저木箸같이 야윈 팔목에서는 삼동에도

김이 무럭무럭 난다. 김 나는 팔목과 잔털 나 스르르한 매
춘하면서 자라나는 회충같이 매혹적인 살결. 사팔뜨기와
내 흰자위 없는 짝짝이 눈. 옥잠화 속에서 나오는 기술^{奇術}
같은 석일^{昔日}의 화장과 화장 전폐^{全廢}, 이에 대항하는 내 자
전거 탈 줄 모르는 아슬아슬한 천품. 당홍 댕기에 불의와
불의를 방임하는 속수무책의 내 나태.

심판이여! 정희에 비교하여 내게 부족함이 너무나 많
지 않소이까?

비등비등? 나는 최후까지 싸워보리라.

홍천사 으슥한 구석방 한 칸 방석 두 개 화로 한 개.
밥상 술상—

접전 수십 합. 좌충우돌. 정희의 허전한 관문을 나는
노사^{老死}의 힘으로 들이친다. 그러나 돌아오는 반발의 흥기
는 갈 때보다도 몇 배나 더 큰 힘으로 나 자신의 손을 시켜
나 자신을 살상한다.

지느냐. 나는 그럼 지고 그만두느냐.

나는 내 마지막 무장을 이 전장에 내어 세우기로 하였
다. 그것은 즉 주란^{酒亂}이다.

한 몸을 건사하기조차 어려웠다. 나는 게울 것만 같았
다. 나는 게웠다. 정희 스커트에다. 정희 스타킹에다.

그러고도 오히려 나는 부족했다. 나는 일어나 춤추었
다. 그리고 그 방 뒤 쌍창 미닫이를 열어젖히고 나는 예서
떨어져 죽는다고 마지막 한 별 힘만을 아껴 남기고는 나머
지 있는 힘을 다하여 난간을 잡아 흔들었다. 정희는 나를

붙들고 말린다. 말리는데 안 말리는 것도 같았다. 나는 정희 스커트를 잡아 젖혔다. 무엇인가 철썩 떨어졌다. 편지다. 내가 집었다. 정희는 모른 체한다.

속달(S와도 절연한 지 벌써 다섯 달이나 된다는 것은 선생님께서도 믿어주시는 바지요? 하던 S에게서다).

정희! 노하였소. 어젯밤 태서관 별장의 일! 그것은 결코 내 본의는 아니었소. 나는 그 요구를 하러 정희를 그곳까지 데리고 갔던 것은 아니오. 내 불민을 용서하여주기 바라오. 그러나 정희가 뜻밖에도 그렇게까지 다소곳한 태도를 보여주었다는 것으로 적이 자위를 삼겠소.

정희를 하루라도 바삐 나 혼자만의 것을 만들어달라는 정희의 열렬한 말을 물론 나는 잊어버리지는 않겠소. 그러나 지금 형편으로는 '아내'라는 저 추물을 처치하기가 정희가 생각하는 바와 같이 그렇게 쉬운 일은 아니오.

오늘(삼월 삼일) 오후 여덟 시 정각에 금화장 주택지 그때 그 자리에서 기다리고 있겠소. 어제 일을 사과도 하고 싶고 달이 밝을 듯하니 송림을 거닙시다. 거닐면서 우리 두 사람만의 생활에 대한 설계도 의논하여봅시다.

삼월 삼일 아침 S.

내게 속달을 띄우고 나서 곧 뒤이어 받은 속달이다. 모든 것은 끝났다. 어젯밤의 정희는—

그 낮으로 오늘 정희는 내게 이상 선생님께 드리는 속 달을 띄우고 그 낮으로 또 나를 만났다. 공포에 가까운 번 신술이다. 이 황홀한 전율을 즐기기 위하여 정희는 무고의 이상을 징발했다. 나는 속고 또 속고 또 또 속고 또 또 또 속았다.

나는 물론 그 자리에 혼도하여버렸다. 나는 죽었다. 나는 황천을 헤매었다. 명부에는 달이 밝다. 나는 또다시 눈을 감았다. 태허에 소리 있어 가로되 너는 몇 살이뇨? 만 이십오 세와 십일 개월이올시다. 요사天死로구나. 아니올시 다. 노사老死올시다.

눈을 다시 떴을 때에 거기 정희는 없다. 물론 여덟 시 가 지난 뒤였다. 정희는 그리 갔다. 이리하여 나의 종생은 끝났으되 나의 종생기는 끝나지 않는다. 왜?

정희는 지금도 어느 빌딩 걸상 위에서 드로어즈의 끈 을 푸는 중이요, 지금도 어느 태서관 별장 방석을 베고 드 로어즈의 끈을 푸는 중이요, 지금도 어느 송림 속 잔디 벗 어놓은 외투 위에서 드로어즈의 끈을 성盛히 푸는 중이니 까다.

이것은 물론 내가 가만히 있을 수 없는 재앙이다.

나는 이를 간다.

나는 걸핏하면 까무러친다.

나는 부글부글 끓는다.

그러나 지금 나는 이 철천의 원한에서 슬그머니 좀 비켜서고 싶다. 내 마음의 따뜻한 평화 따위가 다 그리워졌다.

즉 나는 시체다. 시체는 생존하여 계신 만물의 영장을 향하여 질투할 자격도 능력도 없는 것이리라는 것을 나는 깨닫는다.

정희, 간혹 정희의 후틋한 호흡이 내 묘비에 와 슬쩍 부딪는 수가 있다. 그런 때 내 시체는 홍당무처럼 화끈 달으면서 구천을 꿰뚫어 슬피 호곡한다.

그동안에 정희는 여러 번 제(내 때꼽재기도 묻은) 이부자리를 찬란한 일광 아래 널어 말렸을 것이다. 누누한 이 내 혼수 덕으로 부디 이 내 시체에서도 생전의 슬픈 기억이 창궁 높이 훨훨 날아가나 버렸으면—

나는 지금 이런 불쌍한 생각도 한다. 그럼—

—만 이십육 세와 삼 개월을 맞이하는 이상 선생님이여! 허수아비여!

자네는 노옹일세. 무릎이 귀를 넘는 해골일세. 아니, 아니.

자네는 자네의 먼 조상일세. 이상^{以上}.

—《조광》, 1937. 5.

환시기幻視記

태석太昔에 좌우를 난변難辨하는 천치 있더니

그 불길한 자손이 백대를 겪으매

이에 가지가지 천형병자天刑病者를 낳았더라.

암만 봐두 여편네 얼굴이 왼쪽으로 좀 삐뚤어징 거 같단 말야 싯?

결혼한 지 한 달쯤 해서.

처녀가 아닌 대신에 고리키 전집을 한 권도 빼놓지 않고 독파했다는 처녀 이상의 보배가 송 군을 동하게 하였고 지금 송 군의 은근한 자랑거리리라.

결혼하였으니 자연 송 군의 서가와 부인 순영 씨(이순영이라는 이름자 밑에다 씨자를 붙이지 않으면 안 되는 지금 내 가엾은 처지가 말하자면 이 소설을 쓰는 동기지)의 서가가 합병할밖에―합병을 하고 보니 송 군의 최근에 받은 고리키 전집과 순영 씨의 고색창연한 고리키 전집이 얼렸다.

결혼한 지 한 달쯤 해서 송 군은 드디어 자기가 받은 신판 고리키 전집 한 질을 내다 팔았다.

반만 먹세―

반은?

반은 여편네 갖다 주어야지―지난달에 그 지경을 해 놓아서 이달엔 아주 죽을 지경일세―

난 또 마누라 화장품이나 사다 주는 줄 알았네그려―

화장품? 암만 봐두 여편네 얼굴이라능 게 왼쪽으로 '약간' 비뚤어졌다는 감이 없지 않단 말야― 자네 사 년 동안이나 쫓아당겼다니 삐뚤어징 거 알구두 그랬나? 끝끝내 모르구 그만두었나?

좋은 하늘에 별까지 똑똑히 잘 박힌 밤이 사 년 전 첫여름 어느 날이었던지? 방송국 넘어가는 길 성벽에 가 기대선 순영의 얼굴은 월광 속에 있는 것처럼 아름다웠다. 항라 적삼 성긴 구멍으로 순영의 소맥 빛 호흡이 드나드는 것을 나는 내 가장 인색한 원근법에 의하여서도 썩 가쁘게 느꼈다. 어떻게 하면 가장 민첩하게 그러면서도 가장 자연스럽게 순영의 입술을 건드리나―

나는 약 삼 분가량의 지도를 설계하였다. 위선 나는 순영의 정면으로 다가서 보는 수밖에―

그때 나는 참 이상한 것을 느꼈다. 월광 속에 있는 것처럼 아름다운 순영의 얼굴이 웬일인지 왼쪽으로 좀 삐뚤어져 보이는 것이다.

나는 큰 범죄나 한 사람처럼 냉큼 바른편으로 비켜섰다. 나의 그런 불손한 시각을 정정하기 위하여—

(그리하여) 위치의 불리로 말미암아서도 나는 순영의 입술을 건드리지 못하고 그만두었다. (실로 사 년 전 첫여름 어느 별빛 좋은 밤) 경관이 무엇 하러 왔는지 왔다. 나는 삼천포읍에 사는 사람이라고 그러니까 순영은 회령읍에 사는 사람이라고 그런다. 내 그 인색한 원근법이 일사천리 지세로 남북 이천오백 리라는 거리를 급조하여 나와 순영 사이에다 펴놓는다. 순영의 얼굴에서 순간 월광이 사라졌다.

아내가 삼천포에서 편지를 했다. 곧 돌아가게 될는지 좀 지체가 될는지 지금 같아서는 도무지 짐작이 서지 않는단다.

내 승낙 없이 한 아내의 외출이다. 고물 장수를 불러다가 아내가 벗어놓고 간 버선짝까지 모조리 팔아먹으려다가—

아내가 십 중의 다섯은 돌아올 것 같았고 십 중의 다섯은 안 돌아올 것 같았고 해서 사실 또 가랬댔자 갈 데가 있는 바 아니고 예라 자빠져서 어디 오나 안 오나 기다려 보자꾸나—

싫어서 나는 저녁이면 윤 군을 이용해서는 순영이 있는 바 모로코에를 부리나케 드나들었다.

아내가 달아났다는 궁상이 술 먹는 남자에게는 술 먹기 좋은 구실이다. 십 중 다섯은 아내가 돌아올 가능성이 있다는 눈치를 눈곱만치라도 거죽에 나타내어서는 안 된다. 나는 내 조금도 슬프지 않은 슬픔을 재조껏 과장해서 순영의 동정심을 끌기에 노력했다. 그러나 이런 던적스러운 청승이 결국 순영을 어찌할 수도 없었다.

그 후 얼마 되지 않아 순영은 광주로 갔다. 가던 날 순영은 내게 술을 먹였다. 나는 그의 치맛자락을 잡아 찢고 싶었다. 나는 울었다. 인생은 허무하외다 그러면서—그랬더니 순영은 이것은 아마 술이 부족해서 그러나 보다고 여기고 맥주 한 병을 더 청하는 것이었다.

반년 동안 나는 순영을 잊을 수가 없었다. 그동안에 십 중 다섯으로 아내가 돌아왔다. 나는 이 아내를 맞을 수밖에 없었다. 사랑하지 않는 아내를 나는 전의 열 갑절이나 사랑할 수 있었다. 내 순영에게 향하여 잔뜩 곪은 애정이 이에 순영이 돌아오기 전에 터져버린 것이다. 아내는 이런 나를 넘보기 시작했다.

반년 만에 돌아온 순영이 돌아서서 침을 탁 뱉는다. 반년 동안 외출했던 아내를 말 한마디 없이 도로 맞는 내 얼굴 위에다—

부질없은 세월이 사 년 흘렀다. 아내의 두 번째 외출

○

은 십 중 다섯은 돌아오지 않는 것이었다. 나는 내 고독을 일급 일 원 사십 전과 바꾸었다. 인쇄공장 우중충한 속에서 활자처럼 오늘도 내일도 모레도 똑같은 생활을 찍어내었다. 그러면서도 나는 순영이 그의 일터를 옮기는 대로 어디까지든지 쫓아다니지 않을 수 없었다. 일급 일 원 사십 전에 팔아버린 내 생활에 그래도 얼마간 기꺼운 시간이 있었다면 그것은 오직 순영 앞에서 술잔을 주무르는 동안뿐이었다. 그러나 한번 돌아선 순영의 마음은—아니 한 번도 나를 향하지 않은 순영의 마음은 남북 이천오백 리와 같이 차디찬 거리 저편의 것이었다. 그 차디찬 거리 이편에는 늘 나와 나처럼 고독한 송 군이 오들오들 떨고 있었다.

나는 이미 순영 앞에서 내 고독을 호소할 수조차 없어졌다. 나는 송 군의 고독을 빌려다가 순영 앞에서 울었다. 송 군의 직업은 송 군의 양심이 증발해버린 뒤의 것이었다. 그 때문에 그는 몹시 고민한다. 얼굴이 종이처럼 창백하다. 나는 이런 송 군의 불행을 이용하여 내 슬픔을 입증시켜보느라고 실로 천만 어의 단자單子를 허비했다. 순영의 얼굴에는 봄다운 홍조가 돌기 시작하는 것 같았다. 나는 어느 틈엔지 나 자신의 위치를 그만 잃어버리고 말았다. 필사의 노력으로 겨우 내 위치를 다시 탈환했을 때에는 이미,

송 선생님이세요? 이상 씨하구 같이(이것은 과연 객쩍은 덧붙이개였다) 오늘 밤에 좀 놀라 오세요— 네?

이런 전화가 끝난 뒤였다. 송 군은 상반기 상여금을

받았노라고 한잔 먹잔다.

먹었다.

취했다.

몽롱한 가운데서 나는 이 땅을 떠나리라 생각했다. 머얼리 동경으로 가버리리라.

갈 테야 갈 테야 가버릴 테야(동경으로).

아이 더 놀다 가세요. 벌써 가시면 주무시나요? 네? 송 선생님—

송 선생님은 점을 쳐보나 보다. 괘는 이상에게 '고기'를 대접하라 이렇게 나온 모양이다. 그래서 송 군은 나보다도 먼저 일어섰다. 자동차를 타자는 것이다. 나는 한사코 말렸다. 그의 재정을 생각해서도 나는 그를 그의 하숙까지 데려다주는 데 그칠 수밖에 없었다. 하숙 이 층 그의 방에서 그는 몹시 게웠다. 말간 맥주만이 올라왔다. 나는 송 군을 청결하기 위하여 한 시간을 진땀을 흘렸다. 그를 눕히고 밖으로 나왔을 때에는 유월의 밤바람이 아카시아의 향기를 가지고 내 피곤한 피부를 간질이는 것이었다. 나는 멕시코에서 커피를 마시면서 토하면서 울고 울다가 잠이 든 송 군을 생각했다.

순영에게 전화나 걸어볼까.

순영이? 나 상이야—송 군 집에 잘 갖다 두었으니 안심헐 일—

오늘은 어쩐지 그냥 울적해서 견딜 수가 없단다. 집으로 가 일찍 잠이나 자리라 했는데 멕시코에—

○

와두 좋지— 헐 이얘기두 좀 있구—

조용히 마주 보는 순영의 얼굴에는 사 년 동안에 확실히 피로의 자취가 늘어 보였다. 직업에 대한 극도의 염증을 순영은 나지막한 목소리로 호소한다 나는 정색하고,

송 군과 결혼하지 응? 그야말루 송 군은 지금 절벽에 매달린 사람이오—송 군이 가진 양심, 그와 배치되는 현실의 박해로 말미암은 갈등, 자살하고 싶은 고민을 누가 알아 주나—

송 선생님이 불연드키 맞나 뵙구 싶군요.

십 분 후 나와 순영이 송 군 방 미닫이를 열었을 때 자살하고 싶은 송 군의 고민은 사실화하여 우리들 눈앞에 놓여 있었다.

아로날 서른여섯 개의 공동 곁에 이상의 주소와 순영의 주소가 적힌 조잇조각이 한 자루 칼보다도 더 냉담한 촉각을 내쏘면서 무엇을 재촉하는 듯이 놓여 있었다.

나는 밤 깊은 거리를 무릎이 척척 접히도록 쏘다녀보았다. 그러나 한 사람의 생명은 병원을 가진 의사에게 있어서 마작의 패 한 조각, 한 컵의 맥주보다도 우스꽝스러운 것이었다. 한 시간 만에 나는 그냥 돌아왔다. 순영은 쩡쩡 천장이 울리도록 코를 골며 인사불성된 송 군 위에 엎더 입술이 파르스레하다.

어쨌든 나는 코 고는 '사체'를 업어 내려 자동차에 실었다. 그리고 단숨에 의전병원으로 달렸다. 한 마리의 셰퍼

드와 두 사람의 간호부와 한 분의 의사가 세 사람(?)의 환자를 맞아주었다.

독약은 위에서 아직 얼마밖에 흡수되지 않았다. 생명에는 '별조'가 없으나 한 시간에 한 번씩 강심제 주사를 맞아야겠고 또 이 밤중에 별달리 어쩌는 도리도 없고 해서 입원했다.

시계를 들고 송 군의 어지러운 손목을 잡아 맥박을 계산하면서 한밤을 새우라는 의사의 명령이다. 맥박은 '백삼십'을 드나들면서 곤두박질을 친다. 순영은 자기도 밤을 새우겠다는 것을 나는 굳이 보냈다.

가서 자구 아침에 일찍 와요. 그래야 아침에 내가 좀 자지 둘이 다 지쳐버리면 큰일 아냐?

동이 훤—히 터왔다. 복도로 유령 같은 입원 환자의 발자취 소리가 잦아간다. 수도는 쏴— 기침은 쿨룩쿨룩— 어린애는 으아—

거기는 완연 석탄산수 냄새 나는 활지옥에 틀림없었다. 맥박은 '백'을 조금 넘나 보다.

병원 문이 열리면서 순영은 왔다. 조그만 보따리 속에는 송 군을 위한 깨끗한 내의 한 벌이 들어 있었다. 나는 소태같이 써 들어오는 입을 수도에 가서 양치질했다.

내가 밥을 먹고 와도 송 군은 역시 깨지 않은 채다. 오전 중에 송 군 회사에 전화를 걸고 입원 수속도 끝내고 내가 있는 공장에도 전화를 걸고 하느라고 나는 병실에 없었다. 오후 두 시쯤 해서야 겨우 병실로 돌아와 보니 두 사람

은 손을 맞붙들고 낮은 목소리로 이야기를 하고 있다. 나는 당장에 눈에서 불이 번쩍 나면서,

망신—아니 나는 대체 지금 무슨 '역할'을 하고 있는 것이냐. 순간 나 자신이 한없이 미워졌다. 얼마든지 나 자신에 매질하고 싶었고 침 뱉으며 조소하여주고 싶었다.

나는 커다란 목소리로,

자네는 미친놈인가? 그럼 천친가? 그럼 극악무도한 사기한인가? 부처님 허리토막인가?

이렇게 부르짖는 외에 나는 내 맵시를 수습하는 도리가 없지 않은가. 울음이 곧 터질 것 같았다. 지난밤에 풀린 아랫도리가 덜덜 떨려 들어왔다.

태산이 무너지는 줄만 알구 나는 십년감수를 허다시피 했네—그래 이 병실 어느 구석에 쥐 한 마리나 있단 말인가 없단 말인가?

순영은 창백한 얼굴을 푹 숙이고 있다. 송 군은 우는 것도 같은 얼굴로 나를 쳐다보면서,

미안허이—

나는 이 이상 더 이 방안에 머무를 의무도 필요도 없어진 것을 느꼈다. 병실 뒤 종친부로 통하는 곳에 무성한 화단이 있다. 슬리퍼를 이끈 채 나는 그 화단 있는 곳으로 나갔다. 이름 모를 가지가지 서양 화초가 유월 볕 아래 피어 어우러졌다. 하나같이 향기 없는 색채만의 꽃들—그러나 그 남국적인 정렬이 애타게 목말라서 벌들과 몇 사람의 환자가 화단 속을 초조히 거니는 것이었다.

어째서 나는 하는 족족 이따위 못난 짓밖에 못 하나—그렇지만 이 허리가 부러질 희극도 인제 아마 어떻게 종막이 되었나 보다.

잔디 위에 앉아서 볕을 쬐었다. 피로가 일시에 쏟아지는 것 같다. 눈이 스르르 저절로 감기면서 사지가 노곤해 들어온다. 다리를 쭉 뻗고,

이번에야말로 동경으로 가버리리라—

잔디 위에는 곳곳이 가제와 붕대 끄트러기가 널려 있었다. 순간 먹은 것을 당장에라도 게우지 않고는 견디기 어려울 것 같은 극도의 오예汚穢감이 오관을 스쳤다. 동시에 그 불붙는 듯한 열대성 식물들의 풍염한 화변조차가 무서운 독을 품은 요화妖花로 변해 보였다. 건드리기만 하면 그 자리에서 손가락이 썩어 문드러져서 뭉청뭉청 떨어져 나갈 것만 같았다.

마누라 얼굴이 왼쪽으루 삐뚤어져 보이거든 슬쩍 바른쪽으루 한번 비켜서 보게나—

흥—

자네 마누라가 회령서 났다능 건 거 정말이든가—

요샌 또 블라디보스토크에서 났다구 그리데—내 무슨 수작인지 모르지—그래 난 동경서 났다구 그랬지—좀 더 멀찌감치 해둘 걸 그랬나 봐—

블라디보스토크허고 동경이면 남북이 일만 리로구나 굉장한 거리다—

자꾸 삐뚤어졌다구 그랬드니 요샌 곧 화를 내데—

아까 바른쪽으루 비켜스란 소리는 괜헌 소리구 비켜스기 전에 자네 시각을 정정―그 때문에 다른 물건이 죄다 바른쪽으루 삐뚤어져 보이드래두 사랑하는 아내 얼굴이 똑바루만 보인다면 시각의 직능은 그만 아닌가―그러면 자연 그 블라디보스토크 동경 사이 남북 만 리 거리도 베제ᄼᆖᄯ.입맞춤처럼 바싹 맞다가서구 말 테니.

―《청색지》, 1938. 6.

실화失花

1

사람이

비밀이 없다는 것은 재산 없는 것처럼 가난하고 허전한 일이다.

2

꿈─ 꿈이면 좋겠다. 그러나 나는 자는 것이 아니다. 누운 것도 아니다.

앉아서 나는 듣는다.(12월 23일)

"언더 더 워치―시계 아래서 말이에요―파이브 타운스―다섯 개의 동리란 말이지요―이 청년은 요 세상에서 담배를 제일 좋아합니다―기다랗게 꾸부러진 파이프에다가 향기가 아주 높은 담배를 피워 빽― 빽― 연기를 풍기고 앉았는 것이 무엇보다도 낙이었답니다."

(내야말로 동경 와서 쓸데없이 담배만 늘었지. 울화가 푹― 치밀 때 저― 폐까지 쭉― 연기나 들이켜지 않고 이 발광할 것 같은 심정을 억제하는 도리가 없다.)

"연애를 했어요! 고상한 취미―우아한 성격―이런 것이 좋았다는 여자의 유서예요―죽기는 왜 죽어―선생님―저 같으면 죽지 않겠습니다―죽도록 사랑할 수 있나요―있다지요― 그렇지만 저는 모르겠어요."

(나는 일찍이 어리석었더니라. 모르고 연이와 죽기를 약속했더니라. 죽도록 사랑했건만 면회가 끝난 뒤 대략 이십 분이나 삼십 분만 지나면 연이는 내가 '설마' 하고만 여기던 S의 품 안에 있었다.)

"그렇지만 선생님―그 남자의 성격이 참 좋아요―담배도 좋고 목소리도 좋고―이 소설을 읽으면 그 남자의 음성이 꼭―웅얼웅얼 들려오는 것 같아요. 이 남자가 같이 죽자면 그때 당해서는 또 모르겠지만 지금 생각 같아서는 저도 죽을 수 있을 것 같아요. 선생님 사람이 정말 죽을 수 있도록 사랑할 수 있나요? 있다면 저도 그런 연애 한번 해 보고 싶어요."

(그러나 철부지 C 양이여. 연이는 약속한 지 두 주일

되는 날 죽지 말고 우리 살자고 그럽디다. 속았다. 속기 시작한 것은 그때부터다. 나는 어리석게도 살 수 있을 것을 믿었지. 그뿐인가 연이는 나를 사랑하느니라고까지.)

"공과功課는 여기까지밖에 안 했어요—청년이 마즈막에는—멀리 여행을 간다나 봐요. 모든 것을 잊어버리려고."

(여기는 동경이다. 나는 어쩔 작정으로 여기 왔나? 적빈赤貧이 여세如洗—콕토Jean Cocteau가 그랬느니라—재주 없는 예술가야 부질없이 네 빈곤을 내세우지 말라고. 아—내게 빈곤을 팔아먹는 재주 외에 무슨 기능이 남아 있누. 여기는 간다쿠神田區 진보초神保町, 내가 어려서 제전帝展 이과二科에 하가끼はがき, 엽서 주문하던 바로 게가 예다. 나는 여기서 지금 앓는다.)

"선생님! 이 여자를 좋아하십니까—좋아하시지요—좋아요—아름다운 죽음이라고 생각해요—그렇게까지 사랑을 받은—남자는 행복되지오—네—선생님—선생님 선생님."

(선생님 이상李箱 턱에 입언저리에 아— 수염 숱하게도 났다. 좋게도 자랐다.)

"선생님—뭘—그렇게 생각하십니까—네—담배가 다 탔는데—아이—파이프에 불이 붙으면 어떻게 합니까—눈을 좀—뜨세요. 이야기는—끝났습니다. 네—무슨 생각 그렇게 하셨나요."

(아— 참 고운 목소리도 다 있지. 십 리나 먼— 밖에

서 들려오는—값비싼 시계 소리처럼 부드럽고 정확하게 윤택이 있고—피아니시모 pianissimo —꿈인가. 한 시간 동안이나 나는 스토리보다는 목소리를 들었다. 한 시간—한 시간 같이 길었지만 십 분—나는 좋았나? 아니 나는 스토리를 다 외운다. 나는 자지 않았다. 그 흐르는 듯한 연연한 목소리가 내 감관感官을 얼싸안고 목소리가 잤다.)

꿈—꿈이면 좋겠다. 그러나 나는 잔 것도 아니요 또 누웠던 것도 아니다.

3

파이프에 불이 붙으면?

끄면 그만이지. 그러나 S는 껄껄—아니 빙그레 웃으면서 나를 타이른다.

"상! 연이와 헤어지게. 헤어지는 게 좋을 것 같으니. 상이 연이와 부부(?)라는 것이 내 눈에는 똑 부러 그러는 것 같아서 못 보겠네."

"거 어째서 그렇다는 건가."

이 S는, 아니 연이는 일찍이 S의 것이었다. 오늘 나는 S와 더불어 담배를 피우면서 마주 앉아 담소할 수 있었다. 그러면 S와 나 두 사람은 친우였던가.

"상! 자네 〈EPIGRAM〉이라는 글 내 읽었지. 한 번—허허—한 번. 상! 상의 서푼짜리 우월감이 내게는 우쉬 죽겠다는 걸세. 한 번? 한 번—허허—한 번."

"그러면(나는 실신할 만치 놀란다) 한 번 이상—몇 번. S! 몇 번인가."

"그저 한 번 이상이라고만 알아두게나그려."

꿈—꿈이면 좋겠다. 그러나 시월 이십삼일부터 시월 이십사일까지 나는 자지 않았다. 꿈은 없다.

(천사는—어디를 가도 천사는 없다. 천사들은 다 결혼해버렸기 때문에다.)

이십삼일 밤 열 시부터 나는 가지가지 재조를 다 피워가면서 연이를 고문했다.

이십사일 동이 훤하게 터올 때쯤에야 연이는 겨우 입을 열었다. 아—장구한 시간!

"첫 번—말해라."

"인천 어느 여관."

"그건 안다. 둘째 번—말해라."

"……."

"말해라."

"N 빌딩 S의 사무실."

"셋째 번—말해라."

"……."

"말해라."

"동소문 밖 음벽정."

"넷째 번—말해라."

"……."

"말해라."

"……."

"말해라."

머리맡 책상 서랍 속에는 서슬이 퍼런 내 면도칼이 있다. 경동맥을 따면—요물은 선혈이 댓줄기 뻗치듯 하면서 급사하리라. 그러나—

나는 일찌감치 면도를 하고 손톱을 깎고 옷을 갈아입고 그리고 예년 시월 이십사일경에는 사체가 며칠 만이면 썩기 시작하는지 곰곰 생각하면서 모자를 쓰고 인사하듯 다시 벗어들고 그리고 방—연이와 반년 침식을 같이하던 냄새나는 방을 휘— 둘러 살피자니까 하나 사다 놓네 놓네 하고 기어 뜻을 이루지 못한 금붕어도—이 방에는 가을이 이렇게 짙었건만 국화 한 송이 장식이 없다.

4

그러나 C 양의 방에는 지금— 고향에서는 스케이트를 지친다는데—국화 두 송이가 참 성성하다.

이 방에는 C 군과 C 양이 산다. 나는 C 양더러 '부인' 이라고 그랬더니 C 양은 성을 냈다. 그러나 C 군에게 물어보면 C 양은 '아내'란다. 나는 이 두 사람 중의 누구라고 정하지 않고 내 동경 생활이 하도 적막해서 지금 이 방에 놀러 왔다.

언더 더 워치─시계 아래서의 렉처^{lecture}는 끝났는데 C 군은 조선 곰방대를 피우고 나는 눈을 뜨지 않는다. C 양의 목소리는 꿈같다. 인토네이션^{intonation}이 없다. 흐르는 것 같이 끊임없으면서 아주 조용하다.

나는 그만 가야겠다.

"선생님(이것은 실로 이상 옹을 지적하는 참담한 인칭대명사다) 왜 그리세요─이 방이 기분이 나쁘세요?(기분? 기분이란 말은 필시 조선말은 아니리라) 더 놀다 가세요─아직 주무실 시간도 멀었는데 가서 뭐 하세요? 네? 얘기나 하세요."

나는 잠시 그 계간유수^{溪間流水} 같은 목소리의 주인 C 양의 얼굴을 들여다본다. C 군이 범과 같이 건강하니까 C 양은 혈색이 없이 입술조차 파르스레하다. 이 오사게$^{おさげ, 땋아 늘어뜨린 머리}$라는 머리를 한 소녀는 내일 학교에 간다. 가서 언더 더 워치의 계속을 배운다.

사람이─

비밀이 없다는 것은 재산 없는 것처럼 가난하고 허전한 일이다.

강사는 C 양의 입술이 C 양이 좀 횟배를 앓는다는 이유 외에 또 무슨 이유로 조렇게 파르스레한가를 아마 모르리라.

강사는 맹랑한 질문 때문에 잠깐 얼굴을 붉혔다가 다시 제 지위의 현격히 높은 것을 느끼고 그리고 외쳤다.

○

"쪼꾸만 것들이 무얼 안다고—"

그러나 연이는 히힝 하고 코웃음을 쳤다. 모르기는 왜 몰라—연이는 지금 방년이 스물, 열여섯 살 때 즉 연이가 여고 때 수신과 체조를 배우는 여가에 간단한 속옷을 찢었다. 그러고 나서 수신과 체조는 여가에 가끔 하였다.

여섯—일곱—여덟—아홉—열

다섯 해—개 꼬리도 삼 년만 묻어두면 황모黃毛가 된다든가 안 된다든가 원—

수신 시간에는 학감 선생님, 할팽割烹 시간에는 올드미스 선생님, 국문 시간에는 곰보딱지 선생님—

"선생님 선생님—이 귀염성스럽게 생긴 연이가 엊저녁에 무엇을 했는지 알아내면 용하지."

흑판 위에는 '요조숙녀'라는 액額의 흑색이 임리淋漓다.

"선생님 선생님—제 입술이 왜 요렇게 파르스레한지 알아맞히신다면 참 용하지."

연이는 음벽정에 가던 날도 R 영문과에 재학 중이다. 전날 밤에는 나와 만나서 사랑과 장래를 맹세하고 그 이튿날 낮에는 기싱George Robert Gissing과 호손Nathaniel Hawthorne을 배우고 밤에는 S와 같이 음벽정에 가서 옷을 벗었고 그 이튿날은 월요일이기 때문에 나와 같이 같은 동소문 밖으로 놀러 가서 베제했다. S도 K 교수도 나도 연이가 엊저녁에 무엇을 했는지 모른다. S도 K 교수도 나도 바보요, 연이만이 홀로 눈 가리고 아웅 하는 데 희대의 천재다.

연이는 N 빌딩에서 나오기 전에 WC라는 데를 잠깐 들르지 않으면 안 되었다. 나오면 남대문통 십오 칸 대로 GO STOP의 인파.

"여보시오 여보시오, 이 연이가 조 이 층 바른편에서부터 둘째 S 씨의 사무실 안에서 지금 무엇을 하고 나왔는지 알아맞히면 용하지."

그때에도 연이의 살결에서는 능금과 같은 신선한 생광이 나는 법이다. 그러나 불쌍한 이상 선생님에게는 이 복잡한 교통을 향하여 빈정거릴 아무런 비밀의 재료도 없으니 내가 재산 없는 것보다도 더 가난하고 싱겁다.

"C 양! 내일도 학교에 가셔야 할 테니까 일즉 주무셔야지요."

나는 부득부득 가야겠다고 우긴다. C 양은 그럼 이 꽃 한 송이 가져다가 방에다 꽂아놓으란다.

"선생님 방은 아주 살풍경이라지요?"

내 방에는 화병도 없다. 그러나 나는 두 송이 가운데 흰 것을 달래서 왼편 깃에다 꽂았다. 꽂고 나는 밖으로 나왔다.

5

국화 한 송이도 없는 방안을 휘― 한 번 둘러보았다. 잘―하면 나는 이 추악한 방을 다

시 보지 않아도 좋을 수도 있을까 싶었기 때문에 내 눈에
는 눈물도 고일밖에—

나는 썼다 벗은 모자를 다시 쓰고 나니까 그만하면 내
연이에게 대한 인사도 별로 유루遺漏 없이 다 된 것 같았다.

연이는 내 뒤를 서너 발자국 따라왔던가 싶다. 그러나
나는 예년 시월 이십사일경에는 사체가 며칠 만이면 상하
기 시작하는지 그것이 더 급했다.

"상! 어디 가세요?"

나는 얼떨결에 되는대로,

"동경."

물론 이것은 허담이다. 그러나 연이는 나를 만류하지
않는다. 나는 밖으로 나갔다.

나왔으니, 자—어디로 어떻게 가서 무엇을 해야 되누.

해가 서산에 지기 전에 나는 이삼일 내로는 반드시
썩기 시작해야 할 한 개 '사체'가 되어야만 하겠는데, 도리
는?

도리는 막연하다. 나는 십 년 긴— 세월을 두고 세수
할 때마다 자살을 생각하여왔다. 그러나 나는 결심하는 방
법도 결행하는 방법도 아무것도 모르는 채다.

나는 온갖 유행약을 암송하여보았다.

그러고 나서는 인도교, 변전소, 화신상회 옥상, 경원
선 이런 것들도 생각해보았다.

나는 그렇다고—정말 이 온갖 명사의 나열은 가소롭
다—아직 웃을 수는 없다.

웃을 수는 없다. 해가 저물었다. 급하다. 나는 어딘지도 모를 교외에 있다. 나는 어쨌든 시내로 들어가야만 할 것 같았다. 시내—사람들은 여전히 그 알아볼 수 없는 낯짝들을 쳐들고 와글와글 야단이다. 가등이 안개 속에서 축축해 한다. 영경英京, 영국 윤돈倫敦, 런던이 이렇다지—

6

NAUKA사가 있는 진보초神保町 스즈란도鈴蘭洞에는 고본古本 야시가 선다. 섣달 대목—이 스즈란도도 곱게 장식되었다. 이슬비에 젖은 아스팔트를 이리 디디고 저리 디디고 저녁 안 먹은 내 발길은 자못 창량踉跟하였다. 그러나 나는 최후의 이십 전을 던져 타임스판《상용 영어 사천 자》라는 서적을 샀다. 사천 자—

사천 자면 참 많은 수효다. 이 해양만 한 외국어를 겨드랑이 낀 나는 섣불리 배고파할 수도 없다. 아—나는 배부르다.

진따—(옛날 활동사진 상설관에서 사용하던 취주악대) 진동야ちんどんや, 샌드위치맨의 진따가 슬프다.

진따는 전원 네 사람으로 조직되었다. 대목의 한몫을 보려는 소백화점의 번영을 위하여 이 네 사람은 클라리넷과 코넷과 북과 소고를 가지고 선조 유신維新 당초에 부르던 유행가를 연주한다. 그것은 슬프다 못해 기가 막히는 가

각街角 풍경이다. 왜? 이 네 사람은 네 사람이 다 묘령의 여성들이더니라. 그들은 똑같이 진홍색 군복과 군모와 '꼭구마'를 장식하였더니라.

아스팔트는 젖었다. 스즈란도 좌우에 매달린 그 영란鈴蘭 꽃 모양 가등도 젖었다. 클라리넷 소리도—눈물에—젖었다. 그리고 내 머리에는 안개가 자욱이 끼었다.

영경 윤돈이 이렇다지?

"이상!은 무슨 생각을 그렇게 하십니까?"

남자의 목소리가 내 어깨를 쳤다. 법정대학 Y 군, 인생보다는 연극이 재미있다는 이다. 왜? 인생은 귀찮고 연극은 실없으니까.

"집에 갔드니 안 계시길래!"

"죄송합니다."

"엠프레스에 가십시다."

"좋—지요."

〈ADVENTURE IN MANHATTAN〉에서 진 아서가 커피 한잔 맛있게 먹더라. 크림을 타 먹으면 소설가 구보 씨박태원가 그랬다—쥐 오줌 내가 난다고. 그러나 나는 조엘 마크리만큼은 맛있게 먹을 수 있었으니—

MOZART의 사십일 번은 〈목성〉이다. 나는 몰래 모차르트의 환술幻術을 투시하려고 애를 쓰지만 공복으로 하여 적이 어지럽다.

"신주쿠 가십시다."

"신주쿠라?"

"NOVA에 가십시다."

"가십시다 가십시다."

마담은 루바슈카. 노바는 에스페란토. 헌팅을 얹은 놈의 심장을 아까부터 벌레가 연해 파먹어 들어간다. 그러면 시인 지용^{정지용}이여! 이상은 물론 자작의 아들도 아무것도 아니겠습니다그려!

십이월의 맥주는 선뜩선뜩하다. 밤이나 낮이나 감방은 어둡다는 이것은 고리키^{Maxim Gorki}의 〈나그네〉 구슬픈 노래, 이 노래를 나는 모른다.

7

밤이나 낮이나 그의 마음은 한없이 어두우리라. 그러나 유정^{김유정}아! 너무 슬퍼 마라. 너에게는 따로 할 일이 있느니라.

이런 지비^{紙碑}가 붙어 있는 책상 앞이 유정에게 있어서는 생사의 기로다. 이 칼날같이 선 한 지점에 그는 앉지도 서지도 못하면서 오직 내가 오기를 기다렸다고 울고 있다.

"각혈이 여전하십니까?"

"네— 그저 그날이 그날 같습니다."

"치질이 여전하십니까?"

"네— 그저 그날이 그날 같습니다."

안개 속을 헤매던 내가 불현듯이 나를 위하여는 마

코― 두 갑, 그를 위하여는 배 십 전어치를, 사가지고 여기 유정을 찾은 것이다. 그러나 그의 유령 같은 풍모를 도회^鞱^晦하기 위하여 장식된 무성한 화병에서까지 석탄산 내음새가 나는 것을 지각하였을 때는 나는 내가 무엇 하러 여기 왔나를 추억해볼 기력조차도 없어진 뒤였다.

"신념을 빼앗긴 것은 건강이 없어진 것처럼 죽음의 꼬염을 받기 마치 쉬운 경우드군요."

"이상 형! 형은 오늘이야 그것을 빼앗기셨습니까! 인제―겨우―오늘이야―겨우―인제."

유정! 유정만 싫다지 않으면 나는 오늘 밤으로 치러버리고 말 작정이었다. 한 개 요물에게 부상해서 죽는 것이 아니라 이십칠 세를 일기로 하는 불우의 천재가 되기 위하여 죽는 것이다.

유정과 이상―이 신성불가침의 찬란한 정사―이 너무나 엄청난 거짓을 어떻게 다 주체를 할 작정인지.

"그렇지만 나는 임종할 때 유언까지도 거짓말을 해줄 결심입니다."

"이것 좀 보십시오."

하고 풀어헤치는 유정의 젖가슴은 초롱^{草籠}보다도 앙상하다. 그 앙상한 가슴이 부풀었다 구겼다 하면서 단말마의 호흡이 서글프다.

"명일의 희망이 이글이글 끓습니다."

유정은 운다. 울 수 있는 외의 그는 온갖 표정을 다 망각하여버렸기 때문이다.

"유형! 저는 내일 아침 차로 동경 가겠습니다."

"……."

"또 뵈옵기 어려울 걸요."

"……."

그를 찾은 것을 몇 번이고 후회하면서 나는 유정을 하직하였다. 거리는 늦었다. 방에서는 연이가 나 대신 내 밥상을 지키고 앉아서 아직도 수없이 지니고 있는 비밀을 만지작만지작하고 있었다. 내 손은 연이 뺨을 때리지는 않고 내일 아침을 위하여 짐을 꾸렸다.

"연이! 연이는 야옹의 천재요. 나는 오늘 불우의 천재라는 것이 되려다가 그나마도 못 되고 도루 돌아왔소. 이렇게 이렇게! 응?"

8

나는 버티다 못해 조그만 종잇조각에다 이렇게 적어 그놈에게 주었다.

"자네도 야옹의 천잰가? 암만해도 천잰가 싶으이. 나는 졌네. 이렇게 내가 먼저 지껄였다는 것부터가 패배를 의미하지."

일고 휘장—高徽章이다. HANDSOME BOY—해협 오전 두 시의 망토를 두르고 내 곁에 가 버티고 앉아서 동치 않기를 한 시간(이상?)

○   180

나는 그동안 풍선처럼 잠자코 있었다. 온갖 재주를 다 피워서 이 미목수려한 천재로 하여금 먼저 입을 열도록 갈팡질팡했건만 급기해하에 나는 졌다. 지고 말았다.

"당신의 턱석부리는 말馬을 연상시키는구려. 그러면 말아! 다락같은 말아! 귀하는 점잖기도 하다마는 또 귀하는 왜 그리 슬퍼 보이오? 네?"(이놈은 무례한 놈이다.)

"슬퍼? 응—슬플밖에—20세기를 생활하는데 19세기의 도덕성밖에는 없으니 나는 영원한 절름발이로다. 슬퍼야지—만일 슬프지 않다면—나는 억지로라도 슬퍼해야지—슬픈 포즈라도 해 보여야지—왜 안 죽느냐고? 헤헹! 내게는 남에게 자살을 권유하는 버릇밖에 없다. 나는 안 죽지. 이따가 죽을 것만 같이 그렇게 중속衆俗을 속여주기만 하는 거야. 아— 그러나 인제는 다 틀렸다. 봐라. 내 팔. 피골이 상접. 아야 아야. 웃어야 할 터인데 근육이 없다. 울려야 근육이 없다. 나는 형해形骸다. 나—라는 정체는 누가 잉크 짓는 약으로 지워버렸다. 나는 오즉 내—흔적일 따름이다."

NOVA의 웨이트리스 나미꼬는 아부라에あぶらえ, 유화라는 재주를 가진 노라의 따님 콘론타이의 누이동생이시다. 미술가 나미꼬 씨와 극작가 Y 군은 사차원 세계의 테마를 불란서 말로 회화한다.

불란서 말의 리듬은 C 양의 언더 더 워치 강의처럼 애매하다. 나는 하도 답답해서 그만 울어버리기로 했다. 눈물이 좔좔 쏟아진다. 나미꼬가 나를 달랜다.

"너는 뭐냐? 나미꼬? 너는 엊저녁에 어떤 마찌아이^{まちあい, 기다리는 곳}에서 방석을 비고 십오 분 동안—아니 아니 어떤 빌딩에서 아까 너는 걸상에 포개 앉었었느냐. 말해라—헤헤—음벽정? N 빌딩 바른편에서부터 둘째 S의 사무실?(아—이 주책없는 이상아 동경에는 그런 것은 없습네) 계집의 얼굴이란 다마네기^{たまねぎ, 양파}다. 암만 베껴보려므나. 마즈막에 아주 없어질지언정 정체는 안 내놓느니."

신주쿠의 오전 한 시—나는 연애보다도 위선 담배를 한 대 피우고 싶었다.

9

십이월 이십삼일 아침 나는 진보초 누옥 속에서 공복으로 하여 발열하였다. 발열로 하여 기침하면서 두 벌 편지는 받았다.

저를 진정으로 사랑하시거든 오늘로라도 돌아와 주십시오. 밤에도 자지 않고 저는 형을 기다리고 있습니다. 유정.

이 편지 받는 대로 곧 돌아오세요. 서울에서는 따뜻한 방과 당신의 사랑하는 연이가 기다리고 있습니다. 연 서^書.

○

이날 저녁에 내 부질없는 향수를 꾸짖는 것처럼 C 양은 나에게 백국白菊 한 송이를 주었느니라. 그러나 오전 한시 신주쿠역 폼에서 비칠거리는 이상의 옷깃에 백국은 간데없다. 어느 장화가 짓밟았을까? 그러나—검정 외투에 조화를 단, 댄서—한 사람. 나는 이국종 강아지올시다. 그러면 당신께서는 또 무슨 방석과 걸상의 비밀을 그 농화장 그늘에 지니고 계시나이까?

사람이—비밀 하나도 없다는 것이 참 재산 없는 것보다도 더 가난하외다그려! 나를 좀 보시지요?

—《문장》, 1939. 3.

단발

      그는 쓸데없이 자기가 애정의 거자巨煮인 것을 자랑하려 들었고 또 그렇지 않고 그냥 있을 수가 없었다.

    공연히 그는 서먹서먹하게 굴었다. 이렇게 함으로 자기의 불행에 고귀한 탈을 씌워놓고 늘 인생에 한눈을 팔자는 것이었다.

    이런 그가 한 소녀와 천변을 걸어가다가 그만 잘못해서 그의 소녀에게 대한 애욕을 지껄여버리고 말았다.

    여기는 분명히 그의 음란한 충동 외에 다른 아무런 이유도 없다. 그러나 소녀는 그의 강렬한 체취와 악의의 태만에 역설적인 흥미를 느끼느라고 그냥 그저 흐리멍텅하게 그의 애정을 용납하였다는 자세를 취하여두었다. 이것을 본 그는 곧 후회하였다. 그래서 그는 이중의 역설을 구사하여 동물적인 애정의 말을 거침없이 소녀 앞에 쏟고 쏟고 하였다. 그러면서도 그의 육체와 그 부속품은 이상스러울 만치 게을렀다.

소녀는 조금 있다가 이 드문 애정의 형식에 그만 갈팡질팡하기 시작하였다. 그러고는 내심 이 남자를 어디까지든지 천하게 대접했다. 그랬더니 또 그는 옳지 하고 카멜레온처럼 태도를 바꾸어서 소녀에게 하루라도 얼른 애인이 생기기를 희망한다는 둥 하여가면서 스스럽게 구는 것이었다.

소녀의 눈은 이런 허위가 그대로 무사히 지나갈 수가 없었다. 투시한 소녀의 눈이 오만을 장치하기 시작하였다. 그러기 위한 세상의 '교심驕心한 여인'으로서의 구실을 찾아놓고 소녀는 빙그레 웃었다.

"세상 사람들이 모두 연 씨를 욕허니까 어디 제가 고쳐 디리지요. 연 씨는 정말 악인인지두 모르니까요."

이런 소녀의 말버릇에 그는 가슴이 뜨끔했다. 그냥 코웃음으로 대접할 일이 못 된다. 왜? 사실 그는 무슨 그렇게 세상 사람들에게 욕을 먹고 있는 것도 아닐 뿐만 아니라 악인일 것도 없었다. 말하자면 애호하는 가면을 도적을 맞는 위에 그 가면을 뒤집어 이용당하면서 놀림감이 되고 말 것밖에 없다.

그러나 그라고 해서 소녀에게 자그마한 욕구가 없는 바는 아니었다. 아니 차라리 이것은 한 무적 '에고이스트'

가 할 수 있는 최대 욕구이었는지도 모른다.

그는 결코 고독 가운데서 제법 하수^{下手}할 수 있는 진짜 염세주의자는 아니었다. 그의 체취처럼 그의 몸뚱이에 붙어 다니는 염세주의라는 것은 어디까지든지 게으른 성격이요 게다가 남의 염세주의는 어느 때나 우습게 알려 드는 참 고약한 아리아욕^{我利我慾}의 염세주의였다.

죽음은 식전의 담배 한 모금보다도 쉽다. 그렇건만 죽음은 결코 그의 창호를 두드릴 리가 없으리라고 미리 넘겨짚고 있는 그였다. 그러나 다만 하나 이 예외가 있는 것을 인정한다.

A Double Suicide

그것은 그러나 결코 애정의 방해를 받아서는 안 된다는 조건이 붙는다. 다만 아무것도 이해하지 말고 서로서로 스프링보드 노릇만 하는 것으로 충분히 이용할 것을 희망한다. 그들은 또 유서를 쓰겠지. 그것은 아마 힘써 화려한 애정과 염세의 문자로 가득 차도록 하는 것인가 보다.

이렇게 세상을 속이고 일부러 자기를 속임으로 하여 본연의 자기를 얼른 보기에 고귀하게 꾸미자는 것이다. 그러나 가뜩이나 애정이라는 것에 서먹서먹하게 굴며 생활하여오고 또 오는 그에게 고런 마침 기회가 올까 싶지도 않다.

당연히 오지 않을 것인데도 뜻밖에 그가 소녀에게 가지는 감정 가운데 좀 세속적인 애정에 가까운 요소가 섞인 것을 알아차리자 그 때문에 몹시 자존심이 상하지나 않았나 하고 위구하고 또 쩔쩔매었다. 이것이 엔간치 않은 힘으로 그의 정신생활을 섣불리 건드리기 전에 다른 가장 유효한 결과를 예기하는 처벌을 감행치 않으면 안 될 것을 생각하고 좀 무리인 줄은 알면서 노름하는 세음 치고 소녀에게 Double Suicide를 프러포즈하여본 것이었다.

되어도 그만 안 되어도 그만 편리한 도박이다. 되면 식전에 담배 한 모금이요, 안 되면 소녀를 회피하는 구실을 내외에 선고할 수 있지 않으냐는 것이다.

거기는 좀 너무 어둔 그런 속에서 그것은 조인된 일이라 소녀가 어떤 표정을 하나 자세히 볼 수는 없으나 그의 이런 도박적 심리는 그의 앞에서 늘 태연한 이 소녀를 어디 한번 마음껏 놀려먹을 수 있었대서 속으로 시원해하였다. 그런데 나온 패는 역시 '노'였다. 그는 후— 한번 한숨을 쉬어보고 말은 없이 몸짓으로만,

"혼자 죽을 수 있는 수양을 허지."

이렇게 한번 배를 퉁겨보았다. 그러나 이것 역시 빨간 거짓인 것은 물론이다.

황량한 방풍림 가운데 저녁노을을 멀거니 바라다보고 섰는 소녀의 모양이 퍽 아팠다.

늦은 가을이라기보다 첫겨울 저물게 강을 건너서 부첩符牒과 같은 검은빛 새들이 떼를 지어 날았다. 그러나 발아래 낙엽 속에서 거의 생물이랄 만한 생물을 찾아볼 수조차 없는 참 적멸의 인외경人外境이었다.

"싫습니다. 불행을 짊어지고 살아가는 것이 제게는

더없는 매력입니다. 그렇게 내어버리구 싶은 생명이거든 제게 좀 빌려주시지요."

연애보다도 한 구 위티시즘을 더 좋아하는 그였다. 그런 그가 이때만은 풍경에 자칫하면 패배할 것 같기만 해서 갈팡질팡 그 자리를 피해보았다.

소녀는 그때부터 그를 경멸하였다느니보다는 차라리 염오하는 편이었다. 그의 틈바구니투성이의 점잖으려는 재능을 걸핏하면 향하여 소녀의 침착한 재능의 창끝이 걸핏하면 침략하여 왔다.

오월이 되어서 한 돌발 사건이 이들에게 있었다. 소녀의 단 하나의 동지 소녀의 오빠가 소녀로부터 이반離反하였다는 것이다. 오빠에게 소녀보다 세속적으로 훨씬 아름다운 애인이 생긴 것이다. 이 새 소녀는 그 오빠를 위하여 애정에 빛나는 눈동자를 가졌다. 이 소녀는 소녀의 가까운 동무였다.

오빠에게 하루라도 빨리 애인이 생겼으면 하고 바랐고 그래서 동무가 오빠를 사랑하였다고 오빠가 동생과의 굳은 약속을 저버려야 되나?

소녀는 비로소 '세월'이라는 것을 느꼈다. 소녀의 방심을 어느결에 통과해버린 '세월'의 소녀로서는 차라리 자신에게 고소하였다.

고독—그런 어느 날 밤 소녀는 고독 가운데서 그만 별안간 혼자 울었다. 깜짝 놀라 얼른 울음을 그쳤으나 이것을 소녀는 자기의 어휘로 설명할 수 없었다.

이튿날 소녀는 그가 하자는 대로 교외 조용한 방에 그
와 대좌하여보았다. 그는 또 그의 그 위티시즘과 아이러니
를 아무렇게나 휘두르며 산비할 연막을 펴는 것이었다. 또
가장 이 소녀가 싫어하는 몸맵시로 넙적 드러누워서 그냥
장정없이 지껄여대는 것이다. 이런 그 앞에서 소녀도 인제
는 어지간히 피곤하였던지 이런 소용없는 감정의 시합은
여기쯤서 그만두어야겠다고 절실히 생각하는 모양 같았
다. 그러나 이런 경우에 소녀는 그에게보다도 자기 자신에
게 이기고 싶었다.

"인제 또 만나 뵙기 어려워요. 저는 내일 E하구 같이
동경으루 가요."

이렇게 아주 순량하게 도전하여보았다. 그때 그는 아
마 이 도전의 상대가 분명히 그 자신인 줄만 잘못 알고 얼
른 모가지 털을 불끈 일으키고 맞선다.

"그래? 그건 섭섭허군. 그럼 내 오늘 밤에 기념 스탬
프를 하나 찍기루 허지."

소녀는 가벼이 흥분하였고 고개를 아래위로 흔들어
보이기만 하였다. 얼굴이 소녀가 상기한 탓도 있었겠지만
암만 보아도 이것은 가장 동물적인 동물 이외의 아무것도
아니었다.

마지막 승부를 가릴 때가 되었나 보다. 소녀는 도리어
초조하면서 기다렸다. 즉 도박적인 '성미'로!

(도박은 타기와 모멸! 뿐이려나 보다)

(그가 과연 그의 훈련된 동물성을 가지고 소녀 위에 스탬프를 찍거든 소녀는 그가 보는 데의 그 스탬프와 얼굴 위에 침을 뱉는다.

그가 초조하면서도 결백한 체하고 말거든 소녀는 그의 비겁한 정도와 추악한 가면을 알알이 폭로한 후에 소인 少人으로 천대해준다.)

그러나 아마 그가 좀 더 윗길 가는 배우였던지 혹 가련한 불감증이었던지 오전 한 시가 훨씬 지난 산길을 달빛을 받으며 그들은 내려왔다. 내려오면서—

어느 날 그는 이 길을 이렇게 내려오면서 소녀의 삼전 우표처럼 얄팍한 입술에 그의 입술을 건드려본 일이 있었건만 생각하여보면 그것은 그저 입술이 서로 다았다 뿐이지—아니 역시 서로 음모를 내포한 암중모색이었다. 두 사람은 서로 그리 부드럽지도 않은 피부를 느끼고 공기와 입술과의 따끈한 맛은 이렇게 다르구나를 시험한 데 지나지 않았다.

이 밤 소녀는 그의 거친 행동이 몹시 기다려졌다. 이것은 거의 역설적이었다. 안 만나기는 누가 안 만나—하고 조심조심 걷는 사이에 그만 산길은 시가에 끝나고 시가도 그의 이런 행동에 과히 적당치 않다.

소녀는 골목 밖으로 지나가는 자동차의 헤드라이트를 보고 경찰 나 쪽에서 서둘러볼까까지 생각하여도 보았으나 그는 그렇게 초조한 듯한데 그때만은 웬일인지 바늘 귀만 한 틈을 소녀에게 엿보이지 않는다. 그러느라고 그랬는지 걸으면서 그는 참 잔소리를 픽 하였다.

"가령 자기가 제일 싫어하는 음식물을 상 찌푸리지 않고 먹어보는 거 그래서 거기두 있는 '맛'인 '맛'을 찾아내구야 마는 거, 이게 말하자면 파라독스지. 요컨댄 우리들은 숙명적으로 사상, 즉 중심이 있는 사상 생활을 할 수가 없도록 돼먹었거든. 지성─흥 지성의 힘으로 세상을 조롱할 수야 얼마든지 있지, 있지만 그게 그 사람의 생활을 리드할 수 있는 근본에 있을 힘이 되지 않는 걸 어떡허나? 그러니까 선이나 내나 큰소리는 말아야 해 일체 맹세하지 말자─허는 게 즉 우리가 해야 할 맹세지."

소녀는 그만 속이 발끈 뒤집혔다. 이 씨름은 결코 여기서 그만둘 것이 아니라고 내심 분연하였다. 이따위 연막에 대항하기 위하여는 새롭고 효과적인 엔간치 않은 무기를 장만하지 않을 수 없다. 생각해두었다.

또 그 이튿날 밤은 질척질척 비가 내렸다. 그 빗속을 그는 소녀의 오빠와 걷고 있었다.

"연! 인젠 내 힘으로는 손을 대일 수가 없게 되구 말았으니까 자넨 뒷갈망이나 좀 잘해주게. 선이가 대단히 흥분한 모양인데─"

"그건 왜 또."

"그건 왜 딴전을 허는 거야."

"딴전을 허다니 내가 어떻게 딴전을 했단 말인가?"

"정말 모르나?"

"뭐를?"

"내가 E허구 거치 동경 간다는 걸—"

"그걸 자네 입에서 듣기 전에 내가 어떻게 안단 말인가?"

"선이는 그러니까 갈 수가 없게 된 거지. 선이허구 E허구 헌 약속이 나 때문에 깨어졌으니까."

"그래서."

"게서버텀은 자네 책임이지."

"흥."

"내가 동생버덤 애인을 더 사랑했다구 그렇게 선이가 생각헐까 봐서 걱정이야."

"허는 수 없지."

선이—오빠에게서 모든 이야기를 듣고 나는 참 깜짝 놀랐소. 오빠도 그럽디다—운명에 억지로 거역하려 들어서는 못쓴다고. 나도 그렇게 생각하오.

나는 오랫동안 '세월'이라는 관념을 망각해왔소. 이번에 참 한참 만에 느끼는 '세월'이 퍽 슬펐소. 모든 일이 '세월'의 마음으로부터의 접대에 늘 우리들은 다 조신하게 제 부서에 나아가야 하지 않나 생각하오. 흥분하지 말아요.

아무쪼록 이제부터는 내게 괄목하면서 나를 믿어주기 바라오. 그 맨 처음 선물로 우리 같이 동경 가기를 내가 프

러포즈할까? 아니 약속하지. 선이 안 기뻐하여 준다면 나는
나 혼자 힘으로 이것을 실현해 보이리라.

    그럼 선이의 승낙서를 기다리기로 하오.

    그는 좀 겸연쩍은 것을 참고 어쨌든 이 편지를 포스
트에 넣었다. 저로서도 이런 협기가 우스꽝스러웠다. 이 소
녀를 건사한다?—당분간만 내게 의지하도록 해?—이렇게
수작을 해가지고 소녀가 듣나 안 듣나 보자는 것이었다. 더
그에게 발악을 하려 들지 않을 만하거든 그는 소녀를 한
마리 '카나리아'를 놓아주듯이 그의 위티시즘의 지옥에서
석방—아니 제풀에 나가나? 어쨌든 소녀는 길게 그의 길
에 같이 있을 것은 아니니까. 답장이 왔다.

    처음부터 이렇게 되었어야 하지 않았나요? 저는 지금
조금도 흥분하거나 하지는 않았습니다. 이런 제가 연께 감
사하다고 말씀드린다면 연께서는 역정을 내시나요? 그럼
감사한다는 기분만은 제 기분에서 삭제하기로 하지요.

    연을 마음에 드는 좋은 교수로 하고 저는 연의 유쾌
한 강의를 듣기로 하렵니다. 이 교실에서는 한 표독한 교수
가 사나운 목소리로 무엇인가를 강의하고 있다는 것을 안
지는 오래지만 그 문간에서 머뭇머뭇하면서 때때로 창틈으
로 새어 나오는 교수의 위티시즘을 귓결에 들었다뿐이지
차마 쑥 들어가지 못하고 오늘까지 왔습니다. 그렇지만 지
금은 벌써 들어와 앉았습니다. 자—무서운 강의를 어서 시

작해주시지요. 강의의 제목은 '애정의 문제'인가요. 그렇지 않으면 '지성의 극치를 흘낏 들여다보는 이야기'를 하여주시나요.

엊그제 연을 속였다고 너무 꾸지람은 말아주세요. 오빠의 비장한 출발을 같이 축복하여주어야겠지요. 저는 결코 오빠를 야속하게 여긴다거나 하지 않아요. 애정을 계산하는 버릇은 언제든지 미움받을 버릇이라고 생각하니까요. '세월'이요? 연께서 가르쳐주셔서 참 비로소 이 '세월'을 느꼈습니다. '세월'! 좋군요―교수―, 제가 제 맘대로 교수를 사랑해도 좋지요? 안 되나요? 괜찮지요? 괜찮겠지요 뭐?

단발했습니다. 이렇게도 흥분하지 않는 제 자신이 그냥 미워서 그랬습니다.

단발? 그는 또 한 번 가슴이 뜨끔했다. 이 편지는 필시 소녀의 패배를 의미하는 것인데 그에게 의논 없이 소녀는 머리를 짤랐으니, 이것은 새로워진 소녀의 새로운 힘을 상징하는 것일 것이라고 간파하였다. 그러면서도 그는 눈물이 났다. 왜?

머리를 자를 때의 소녀의 마음이 필시 제 마음 가운데 제 손으로 제 애인을 하나 만들어놓고 그 애인으로 하여금 저에게 머리를 자르도록 명령하게 한, 말하자면 소녀의 끝없는 고독이 소녀에게 일인이역을 시킨 게 틀림없었다.

소녀의 고독!

혹은 이 시합은 승부 없이 언제까지라도 계속하려

나―이렇게도 생각이 들었고―그것보다도 싹둑 자르고
난 소녀의 얼굴―몸 전체에서 오는 인상은 어떠할까 하는
것이 차라리 더 그에게는 흥미 깊은 우선 유혹이었다.

―《조선문학》, 1939. 4.

김유정
—소설체로 쓴 김유정론

　　암만해도 성을 안 낼 뿐만 아니라 누구를 대할 때든지 늘 좋은 낯으로 해야 쓰느니 하는 타입의 우수한 견본이 김기림이라.

　　좋은 낯을 하기는 해도 적이 비례非禮를 했다거나 끔찍이 못난 소리를 했다거나 하면 잠자코 속으로만 꿀꺽 없이 여기고 그만두는 그러기 때문에 근시 안경을 쓴 위험인물이 박태원이다.

　　없이 여겨야 할 경우에 "이놈! 네까진 놈이 뭘 아느냐"라든가 성을 내면 "여! 어디 뎀벼봐라"쯤 할 줄 아는, 하되, 그저 그럴 줄 알다 뿐이지 그만큼 해두고 주저앉는 파에, 고만 이유로 코밑에 수염을 저축한 정지용이 있다.

　　모자를 홱 벗어 던지고 두루마기도 마고자도 민첩하

게 턱 벗어 던지고 두 팔 훌떡 부르걷고 주먹으로는 적의 볼따구니를 발길로는 적의 사타구니를 격파하고도 오히려 행유여력^{行有餘力}에 엉덩방아를 찧고야 그치는 희유의 투사가 있으니 김유정이다.

누구든지 속지 마라. 이 시인 가운데 쌍벽과 소설가 중 쌍벽은 약속하고 분만된 듯이 교만하다. 이들이 무슨 경우에 어떤 얼굴을 했댔자 기실은 그 즐만^{驚慢}에서 산출된 표정의 디포메이션^{deformation} 외의 아무것도 아니니까 참 위험하기 짝이 없는 분들이라는 것이다.

이분들을 설복할 아무런 학설도 이 천하에는 없다. 이렇게들 또 고집이 세다.

나는 자고로 이렇게 교만하고 고집 센 예술가를 좋아한다. 큰 예술가는 그저 누구보다도 교만해야 한다는 일이 내 지론이다.

다행히 이 네 분은 서로들 친하다. 서로 친한 이분들과 친한 나 불초 이상이 보니까 여상의 성격의 순차적 차이가 있는 것은 재미있다. 이것은 혹 불행히 나 혼자의 재미에 그칠는지 우려지만 그래도 좀 재미있어야 되겠다.

작품 이외의 이분들의 일을 적확히 묘파해서 써내 비교교우학을 결정적으로 여실히 하겠다는 비장한 복안이거늘,

소설을 쓸 작정이다. 네 분을 각각 주인으로 하는 네 편의 소설이다.

그런데 족보에 없는 비평가 김문집 선생이 내 소설에 오십구 점이라는 좀 참담한 채점을 해놓으셨다. 오십구 점이면 낙제다. 한 끝만 더 했다면—그러니까 서울말로 '낙제 첫찌'다. 나는 참 낙담했습니다. 다시는 소설을 안 쓸 작정입니다—는 즉 거짓말이고, 이 경우에 내 어쭙잖은 글이 네 분의 심사를 건드린다거나 읽는 이들의 조소를 산다거나 하지나 않을까 생각을 하니 아닌 게 아니라 등허리가 꽤 서늘하다.

그렇거든 오십구 점짜리가 그럼 그렇지 하고 그저 눌러 덮어주어야겠고 뜻밖에 제법 되었거든 네 분이 선봉을 서서 김문집 선생께 좀 잘 좀 말해주서서 부디 급제 좀 시켜주시기 바랍니다.

김유정 편

이 유정은 겨울이면 모자를 쓰지 않는다. 그러면 탈몬가? 그의 그 더벅머리 위에는 참 우글쭈글한 벙거지가 얹혀 있는 것이다. 나는 걸핏하면,

"김형! 김형이 쓰신 모자는 모자가 아닙니다."

"김형!(이 김형이라는 호칭인즉은 이상을 가리키는 말이다) 거 어떡허시는 말씀입니까."

"거 벙거지, 벙거지지요."

"벙거지! 벙거지! 옳습니다."

태원도 회남안회남도 유정의 모자 자격을 인정하지 않는다. 벙거지라고밖에! 엔간해서 술이 잘 안 취하는데 취하기만 하면 딴사람이 되고 만다. 그것은 무엇을 보고 아느냐 하면—

보통으로 주먹을 쥐고 쓱 둘째손가락만 쭉 펴면 사람 가리키는 신호가 되는데 이래가지고는 그 벙거지 차양 밑을 우벼 파면서 나사못 박는 흉내를 내는 것이다. 하릴없이 젖먹이 곤지곤지 형용에 틀림없다.

창문사에서 내가 집무랍시고 하는 중에 떠억 나를 찾아온다. 와서는 내 집무 책상 앞에 마주 앉는다. 앉아서는 바윗덩어리처럼 말이 없다. 낸들 또 무슨 그리 신통한 이야기가 있으리요. 그저 서로 벙벙히 앉았는 동안에 나는 나대로 교정 등속 일을 한다. 가지가지 부호를 써서 내가 교정을 보고 있노라면 그는 불쑥,

"김형! 거 지끔 그 표는 어떡허라는 푠구요."

이런다. 그럼 나는 기가 막혀서,

"이거요, 글자가 곤두섰으니 바루 놓으란 표지오."

하고 나서는 또 그만이다. 이렇게 평소의 유정은 뚱보다. 이런 양반이 그 곤지곤지만 시작되면 통성通姓 다시 해야 한다.

그날 나도 초저녁에 술을 좀 먹고 곤해서 한참 자는데 별안간 대문을 뚜드리는 소리가 요란하다. 한 시나 가까웠

는데— 하고 눈을 비비고 나가보니까 유정이 B 군과 S 군과 작반해 와서 이 야단이 아닌가. 유정은 연해 성히 곤지곤지 중이다. 나는 일견에 '익키! 이건 곤지곤지구나' 하고 내심 벌써 각오한 바가 있자니까 나가잔다.

"김형! 이 유정이가 오늘 술, 좀, 먹었습니다. 김형! 우리 또 한잔허십시다."

"아따 그러십시다그려."

이래서 나도 내 벙거지를 쓰고 나섰다.

나는 단박에 취해버려서 역시 그 비장의 가요를 기탄 없이 내뽑은가 싶다. 이렇게 밤이 늦었는데 가무음곡으로 써 가구街區를 소란케 하는 것은 법규상 안 된다. 그래 주파가 이러니저러니 좀 했더니 S 군과 B 군은 불온하기 짝이 없는 언사로 주파를 탄압하면, 유정은 또 주파를 의미 깊게 흘낏, 한번 흘겨보더니,

"김형! 우리 소리합시다."

하고 그 척척 붙어 올라올 것 같은 끈적끈적한 목소리로 〈강원도 아리랑〉 팔만구암자八萬九庵子를 내뽑는다. 이 유정의 강원도 아리랑은 바야흐로 천하일품의 경지다.

나는 소독 젓가락으로 추탕 보시기 전을 갈기면서 장단을 맞춰 좋아하는데 가만히 보니까 한쪽에서 S 군과 B 군이 불화다. 취중 문학담이 자연 아마 그리된 모양인데 부전부전하게 유정이 또 거기 가 한몫 끼는 것이다. 나는 술들이나 먹지 저 왜들 저러누, 하고 서서 보고만 있자니까 유정이 예의 그 벙거지를 떡 벗어 던지더니 두루마기 마고자 저고

리를 차례로 벗어젖히고는, S 군과 맞달라붙는 것이 아닌가.

싸움의 테마는 아마 춘원의 문학적 가치 운운이던 모양인데 어쨌든 피차 어지간히들 취중이라 문학은 저리 집어치우고 인제 문제는 체력이다. 뺨도 치고 제법 태권도들한다. B 군은 이리 비철 저리 비철 하면서 유정의 착의일식 着衣一式을 주워들고 바로 뜯어말린답시고 한가운데 가 끼어서 꾸기적꾸기적하는데 가는 발길 오는 발길에 이래저래 피해가 많은 꼴이다.

놀란 것은 주파와 나다.

주파는 술은 더 못 팔아도 좋으니 이분들을 좀 밖으로 모셔 내라는 애원이다. 나는 B 군과 협력해서 가까스로 용사들을 밖으로 끌고 나오기는 나왔으나 이번에는 자동차가 줄 닿아서 왕래하는 대로 한복판에서들 활약이다. 구경꾼이 금시로 모여든다. 용사들의 사기는 백열화한다.

나는 섣불리 좀 뜯어말리는 체하다가 얼떨결에 벙거지 벗어진 것이 당장 용사들의 군용화에 유린을 당하고 말았다. 그만 나는 어이가 없어서 전선주에 가 기대서서 이 만화를 서서히 감상하자니까―

B 군은 이건 또 언제 어디서 획득했는지 모를 오합들이 술병을 거꾸로 쥐고 육모방망이 내휘두르듯 하면서 중재 중인데 여전히 피해가 많다. B 군은 이윽고 그 술병을 한번 허공에 한층 높이 내휘두르더니 그 우렁찬 목소리로 산명곡응山鳴谷應하라고 최후의 대갈일성을 시험해도 전황은 여전하다.

B 군은 그만 화가 벌컥 난 모양이다. 그 술병을 지면 위에다 내던지고 가로대,

"네놈들을 내 한까번에 쥑이겠다."

고 결의의 빛을 표시하더니 좌충우돌로 동에 번쩍 서에 번 쩍 S 군, 유정의 분간이 없이 막 구타하기 시작이다.

이 광경을 본 나도 놀랐거니와 더욱 놀란 것은 전사 두 사람이다. 여태껏 싸움 말리는 역할을 하노라고 하던 B 군 이 별안간 이처럼 태도를 표변하니 교전하던 양인이 놀라 지 않을 수가 없다.

B 군은 위선 유정의 턱밑을 주먹으로 공격했다. 경악 한 유정은 방어의 자세를 취하면서 한쪽으로 비키니까 B 군 은 이번에는 S 군을 걷어찼다. S 군은 눈이 뚱그래서 이 역 한켠으로 비키면서 이건 또 무슨 생각으로,

"너! 유정이! 뎀벼라."

"오냐! S! 너! 나헌테 좀 맞어봐라."

하면서 원래의 적이 다시금 달라 붙이니까 B 군은 그냥 두 사람을 얼러서 걷어차면서 주먹비를 내리는 것이다. 두 사 람은 일제히 공세를 B 군에게로 모아가지고 쉽사리 B 군을 격퇴한 다음 이어 본전을 계속 중에 B 군은 이번에는 S 군 의 불두덩을 걷어찼다. 노발대발한 S 군은 B 군을 향하여 맹렬한 일축을 수행하니까 이 틈을 타서 유정은 S 군에게 이 또한 그만 못지않은 일축을 결행한다. 이러면 B 군은 또 선수를 돌려 유정을 겨누어 거룩한 일축을 발사한다.

유정은 S 군을, S 군은 B 군을, B 군은 유정을, 유정은 S 군을, S 군은—

이것은 그냥 상상만으로도 족히 포복절도할 절경임에 틀림없다. 나는 그만 내 벙거지가 여지없이 파멸한 것은 활연히 잊어버리고 웃음보가 곧 터질 지경인 것을 억지로 참고 있자니까 사람은 점점 꼬여 드는데 이 진무류珍無類의 혼전은 언제나 끝날는지 자못 묘연하다.

이때 옆 골목으로부터 순행하던 경관이 칼 소리를 내면서 나왔다. 나와서 가만히 보니까 이건 싸움은 싸움인 모양인데 대체 누가 누구하고 싸우는 것인지 종을 잡을 수가 없는 것이다.

경관도 기가 막혀서,

"이게 날이 너무 춥드니 실진들을 헌 게로군."

하는 모양으로 뒷짐을 지고 서서 한참이나 원망한 끝에 대갈일성,

"가에렛かえねっ, 돌아가!"

나는 이 추운 날 유치장에를 들어갔다가는 큰일이겠으므로,

"곧 집으로 데리구 가겠습니다. 용서하십쇼. 술들이 몹시 취해 그랬습니다."

하고 고두백배한 것이다.

경관의 두 번째 '가에렛' 소리에 겨우 이 삼국지는 아마 종식하였던가 한다.

이 이야기를 듣고 태원이 "거 요코미쓰 리이치의《기

계》같소그려” 하였다. (물론 이 세 동무는 그 이튿날은 언제 그런 일 있었드냐는 듯이 계속하여 정다웠다.)

유정은 폐가 거의 결단이 나다시피 못쓰게 되었다. 그가 웃통 벗은 것을 보았는데 기구崎嶇한 수신瘦身이 나와 비슷하다. 늘,

“김형이 그저 두 달만 약주를 끊었으면 건강해지실 텐데.”

해도 막무가내하더니 지난 칠월 달부터 마음을 돌려 정릉리 어느 절간에 숨어 정양 중이라니, 추풍이 점기漸起에 건강한 유정을 맞을 생각을 하면 나도 독자도 함께 기쁘다.

—《청색지》, 1939. 5.

**다들 한번쯤은 읽어봤던 작가지만
아직 한 번도 읽어보지 못한 소설!**

문득은 공명의 문학 브랜드 스피리투스가 야심차게 소개하는 문학 시리즈입니다.
시대를 초월해 문학 독자들이 가장 사랑하는 작가들을 다시 호출해
누구나 알고 있지만 한 번도 읽어보지 못했던
작가들의 새로운 글ㅈ을 얻을 수 있는ㄸ 기회가 되길 바랍니다.

문득 출간 예정 작가

★ 프란츠 카프카 _여가수 요제피네 또는 쥐의 종족

★ 김동인 _K박사의 연구

★ 에드거 앨런 포 _일러바치는 심장

★ 현진건

★ 허먼 멜빌

★ 채만식

★ 세르반테스

★ 김유정

★ 가와바타 야스나리

◆작가와 출간순서는 변동이 있을 수 있습니다. 문득 시리즈는 계속 출간됩니다.

이상의 소설
김유정

초판 1쇄 발행 2018년 10월 22일

지은이 이상
외부 기획 이명연

펴낸이 김현숙 김현정
펴낸곳 스피리투스/공명
출판등록 2011년 10월 4일 제25100-2012-000039호
주소 121- 904 서울시 마포구 월드컵북로 400, 문화콘텐츠센터 5층 7호
전화 02-3153-1378 팩스 02-3153-1377
이메일 gongmyoung@hanmail.net
블로그 http://blog.naver.com/gongmyoung1
ISBN 978-89-97870-31-8 04810
ISBN 978-89-97870-30-1 (세트)

이 도서의 국립중앙도서관 출판시도서목록(CIP)은 서지정보유통지원시스템
홈페이지(http://seoji.nl.go.kr)와 국가자료공동목록시스템(http://www.nl.go.kr/kolisnet)에서
이용하실 수 있습니다. (CIP제어번호: CIP 2018031167)

숨결, 정신, 마음을 뜻하는 스피리투스는 도서출판 공명의 문학 브랜드입니다.